KB080320

주말마다
나를 고쳐 씁니다

일러두기

- 본문에 나오는 명칭은 평소에 부르는 관행적인 표기를 따른 것도 있으며, 상황을 자연스럽게 묘사하기 위해 방언과 구어체, 속된 말이 종종 등장합니다. 독자분들의 양해 부탁 드립니다.
- 본문에 소개한 캠핑장은 2024년 6월 1일 기준으로 작성했습니다. 캠핑장의 구성, 가격 등에 변동이 있을 수 있습니다.
- 이 책에 실린 캠핑장에 대한 감상, 평가는 작가의 개인적인 관점으로 작성한 것이니 이 점 참고해 주시면 감사하겠습니다.
- 이 책에 자주 등장하는 'A'는 작가의 캠핑 파트너로 캠핑 유튜브 채널 〈살랑Sallang〉를 운영 중입니다.

어느 회사원의
다정다감 캠핑 테라피

주말마다
나를 고쳐 씁니다

박찬은 지음

나의 캠핑 선배, 엄마의 사진 한 장

    엄마를 '내 엄마'가 아닌 타자로 인식하게 된 건 빛바랜 사진 한 장 때문이었다. 변변한 등산복도 갖추지 않은 체크 무늬 셔츠에 분홍색 진, 등산과는 거리가 먼 얇은 스니커즈. 오대산을 올랐다가 주문진 바닷가에서 찍었다는 50여 년 전 사진 속에서 그녀는 배낭에 기대 해사하게 웃고 있었다. 나의 엄마, 허 여사다.

    "이 사진은 찍은 남자가 엄마한테 분명히 마음 있는 거야, 엄마." (나)

"산중에서 밤을 지샜는데, 그땐 여자들끼리 아무 데나 갈 수 있는 시대가 아니었지. 카메라 있는 사람도 드물었고, 어쩌다 찍힌 거지 뭐."(엄마)

"표정은 엄청 즐거워 보이는데?"(나)

"마냥 좋기만 했겠나. 반합에 쌀이랑 석유통 짊어지고 다니면서 밥해 먹었는데. 그땐 다들 열악했지 뭐. 여자들이 저러고 다니는 것도 고운 시선이 아니었고."(엄마)

엄마는 나중에야 그 사진에 대해 조금 착잡한 표정으로 말했다.

"그땐 캠핑이 요즘처럼 고급 취미가 아니었단다. 돈 없을 때 최대한 뭔가 할 수 있는 거였으니까 간 거지."

내겐 낭만으로 보였던 캠핑과 등반이 20대 엄마에겐 유일하게 허락된 작은 사치였다니.

여자 혼자 큰 배낭을 메고 산을 타는 모습이 흔치 않았던 50여 년 전. 서울의 명산은 꿈도 꾸지 못하고, 고향인 밀양 주변의 산 능선을 타고 올랐던 처녀 시절의 엄마. 나는 교통이 열악했던 시기에 세계를 누비던 모험가 김찬삼 씨의 세계여행기를 읽는 느낌으로 계속해서 엄마의 낡은 일기장을 읽어 내려갔다.

[한라산 등반기] 1969년 8월 12일

멀리 바라보이는 시커먼 한라산, 1,950m. 저게 도대체 뭐길래 우린 싸우러 왔을까. 저 속에 무진장 숨은 한라의 진미, 모든 것들을 되도록이면 내 머리와 가슴 속에 써넣어야만 한다. 세 끼를 굶고 멀미로 힘들지만 우린 집시들, 어디까지나 등반대원이다. 피로를 잊고 삼각형 집(tent) 속에서 떠들어댔다. 시간을 붙잡아 맸으면.

[지리산 등반기] 1970년 7월 19일

막영지 값 100원. 참으로 웃긴다. 봉이 김선달은 대동강 물을 팔아먹었다지만 막영지 값을 받다니. 우리 텐트 4개에 밤늦게 1팀이 들이닥쳐 텐트는 모두 다섯 호다. 호젓이 어둠이 깊어지면서 하나하나 텐트 반딧불이 꺼져가고, 싸한 산속에서 풀잎을 계곡물에 띄워본다. 지리산의 전설과 인간의 설움을 담고 가는 잎새가 가상하다. 내일도 우리는 정글을 헤치고 능선을 따라 앞으로 앞으로 나아갈 것이다.

일기장 속에는 캠핑 인원이 배로 늘어나는 바람에 밥 한 숟갈에 멸치 한 마리씩을 나눠 먹고, 멀미를 잊기 위해 캠프 송을 부르며, '간큰 기집애'라는 말을 들으면서도 집채만 한 파도 앞에서 울릉도 화산 구멍을 보러 가는 소녀가 있었다. 돌아갈 차비만 가지고 제주로 가는 배에 몸을 실었던 소녀는 14시간의 하산 과정에서 길을 잃지만 구사일생으로 만난 트럭 안에서도 '우리는 등반대원~'이라며 노래한다.

"외할머니가 이렇게 돌아다니게 뒀어?"(나)

"울 엄마는 전혀 나무라지 않으셨음! 내가 너무 잘 알아서 행동했으니까!"(엄마)

집시처럼 살고 싶다던 그녀는 좋아하던 미술을 포기하고 서예 선생님으로 살다 무뚝뚝한 경상도 사나이와 결혼, 다섯 남매를 키워낸다. 그런 엄마의 막내딸인 나는 얌전한 고양이로 누구보다 빠르게 부뚜막에 먼저 올라가는 아이로 자랐다. 조용하다 싶으면 저지레를 하는 아기처럼 앞에선 "예스 맴" 하며 뒤로 호박씨를 까는데, 그것도 스위스 나이프로 아주 정교하고 체계적으로 잘 까는 그런 아이. 도서관에 간다며 몰래 춤을 배우고, 야간 알바를 한다며 클럽엘 가고, 여러 명이 함께 간다고 하고서는 야밤에 산 속에서 솔로 캠핑을 하는 말괄량이 막내딸.

그런 내가 지리산과 한라산을 두 번씩 종주했던 20대의 엄마가 걸었던 길, 엄마가 된 그녀가 걷고 싶었을 길을 걷고 있다. 짐짓 호들갑을 떨면서 아이슬란드의 화산이며, 동티모르의 바닷속 풍경을 묘사한다. 그러면 그녀는 내가 보여주는 사진을 가만가만 만져보며 주의 깊게 그곳의 생태와 지리를 지도 속에서 파악한다.

　　—엄마, 오스트리아에 갔는데, 동네 뒷산이라고 해놓고 설산 스키를 타지 뭐야!
　　—엄마, 구례는 산수유가 벌써 다 졌어! 엄마가 왔으면 예술 사진 찍었을 텐데!
　　—엄마, 울릉도는 물 속으로 머리만 넣어도 물고기 떼가 천지야!

내가 보낸 아이슬란드 사진이 그녀가 "구름 위로 몸을 던지고 싶었다"던 지리산 천왕봉의 운해와 맞닿을 수 있을까. 북한산 마당바위 사진을 보냈더니 그녀가 답장을 보내온다.

—북한산? 그거 뭐 우린 산으로 치지도 않는다!

준엄한 캠핑 선배의 일침이었다.

그렇게 난 사진 속 엄마의 손을 마주 잡고 오늘도 길을 나선다. 다가오는 봄에는 엄마와 캠핑장엘 가봐야지. 물론 나의 캠핑 선배님은 그때도 혀를 끌끌 차시겠지만.

"그게 무슨 캠핑이고!"

이 책을 읽기 전
알아두면 좋은 캠핑 용어들

몰라도 상관없지만 알아두면 깨알같이
도움이 되는 단어들입니다.

가이 라인guy-line
텐트나 타프를 땅에 고정시키는 버팀줄.

노지
'지붕으로 가리지 않은 땅'을 뜻한다. '노
지 캠핑'이란 정식 캠핑장이 아닌 곳에서
의 캠핑을 말한다.

덕 테이프duck tape
수선용 테이프. 배관을 뜻하는 '덕트
duct 테이프' 혹은 오리 깃털처럼 방수
가 잘 된다고 하여 '덕duck'이라는 단어
를 붙여 덕 테이프라고 부르기도 한다.

돔 쉘터
반구형으로 된 지붕과 벽이 있는 차단막
으로 자외선과 비, 추위를 막아준다. 텐
트와는 달리 바닥 스킨이 없다.

라이너liner
'이너 슬리핑백'이라고도 불리며, 침낭
의 내피로 넣고 자면 보온 상승 효과를
가져온다. 세탁기에 빨 수 있어 침낭을
보다 위생적으로 오래 관리할 수 있다.

바토닝bartoning
장작을 도끼로 불에 타기 좋게 쪼개는 것.

박泊배낭
숙영을 하기 위해 배낭에 캠핑 물품들을
모두 넣어 채비한 가방.

박지
머무는 지역. 보통 캠핑을 위해 텐트를
구축하는 자리를 일컫는다.

부쉬크래프트bushcraft
자연물을 이용하여 숙식을 해결하는 아웃
도어의 형태.

비박
독일어 '비바크biwak' 혹은 프랑스어
'비부악bivouac'이 정식 명칭. 텐트를
치지 않고 야영하는 것으로, 책에서는 발
음 편의상 '비박'으로 표기했다.

사이트
화장실·식수 등이 갖춰진 야영지, 캠프
장 내의 개별 텐트 공간을 뜻한다.

사코슈sacoche

프랑스어로 '어깨에 걸 수 있는 긴 끈이 달린 큰 가방'을 뜻하지만 캠핑 계에서는 크로스 형 미니 보조 가방을 뜻한다.

샌드 팩sandpack

모래 위에 텐트나 타프를 바닥에 고정할 경우 사용하는 팩pack이다. 보통 면적이 넓고 본체에 라인을 연결하도록 구멍이 뚫려 있다.

솔캠solo camping

혼자 텐트를 치고 야영하는 일.

알파인alpine

고산 환경에 맞는 소형 경량 스타일.

전실

플라이와 이너 텐트 사이의 앞쪽 공간.

차박

본디 오토캠핑과 같은 개념이나, 우리나라에서는 차에서 숙박하는 형태의 캠핑을 총칭한다.

캠장

'캠핑장 사장님'의 약칭.

타프tarp

그늘막. 방수 코팅된 천막으로 햇볕과 비를 막아주는 천막이다.

텐풍

'텐트 풍경'을 축약해 부르는 말.

티피텐트

원뿔 모양으로 세우는 인디언식 텐트. 피라미드(사각뿔이라는 뜻)에서 단어를 따 '미드mid(뿔) 텐트'로 부르기도 한다.

팜핑farmping

농장을 뜻하는 팜farm과 캠핑camping을 합친 말. 농촌 체험을 하면서 캠핑하는 것.

팜파티farm-party

농가에서 음식과 농산물을 판매하는 체험행사 등을 말한다.

피칭pitching

텐트를 설치하는 일.

필파워fill power

24시간 눌러 압축한 다음 부풀어 오르는 다운의 복원력을 말한다. 900필파워는 1온스(약 28g)의 다운으로 800세제곱인치를 채울 수 있다는 의미. 동계는 보통 800필파워 이상이 필요하다.

힙 플라스크hip flask

바지 포켓에 넣을 수 있는 휴대용 술병으로 약간 납작하게 생겼다.

이 책에 등장하는
술, 술, 술들

캠핑의 또 다른 즐거움은 불멍과 술이 아닐까요. 캠핑을 하며 제가 마셨던, 그리고 캠핑에 어울리는 술을 소개합니다.

기욤 고네, 벨 아미 샤토네프 뒤 파프
2019Guillaume Gonnet, Bel Ami Chateauneuf du Pape

콘크리트와 나무, 스테인리스에서 각 30%씩 숙성하고 나머지 10%를 프렌치 오크통에 숙성한 프랑스 론 지역 와인. 과실의 풍미와 함께 탄닌이 진하게 느껴진다.

탈리스커Talisker

'경사진 암벽', '돌의 땅'을 뜻하는 탈리스커는 스코틀랜드 스카이섬에서 생산되는 싱글몰트 위스키다. 글에 등장하는 탈리스커 10년 숙성 위스키는 바다 내음과 과일 향이 있으며 강렬하게 쏘면서도 스모키한 여운으로 마무리되는 제품이다. 피트 위스키 입문용으로 나쁘지 않다.

쿨일라Caol Ila

도수 43%의 스코틀랜드 싱글몰트 위스키. 책에 등장하는 12년산은 대표 라인업으로 '모든 것이 완벽하게 어우러지는 쿨일라의 훌륭한 예'라는 평을 받는다.

영양 은하수 막걸리

1670년 장계향 여사의 국문 조리서 『음식디미방』에 소개된 100년 전통의 영양 감향주를 전국에서 가장 오래된 '영양백년양조장'에서 현대화한 전통주. 경북 영양 지역의 쌀과 누룩, 물로만 빚어 만들었으며 6도와 8도로 출시됐다.

히비키Hibiki

일본 산토리 증류소에서 제조하는 블렌디드 위스키. 일본어 '히비키ひびき'는 한자로 '울림' '공명'이라는 뜻이다. 본문에 등장한 '히비키 마스터스 셀렉트'는 벚꽃에서 모티브를 얻은 술로 몰트 함량이 높아 더 풍미가 있다.

라 스피네타 일 네로 디 카사노바
La Spinetta Il Nero Casanova

'제우스의 피'라는 뜻을 지닌 산지오베제 품종으로 바닐라와 건초 향이 살짝 올라오는 이탈리아 토스카나 지역 레드 와인. '카사노바'라는 이름의 포도원에서 생산했다. 발사믹과 자두 향에 다크 초콜릿 느낌의 여운으로 육류와 잘 어울린다.

브렌니빈Brennivin

1935년 주류 금지 조치 해제를 축하하며 만든 아이슬란드 국민주로 과다한 음주를 막기 위해 해골 그림을 넣어 '흑사병', '불타는 술'로도 불렸다. 발효시킨 감자나 곡물에 향신료의 일종인 캐러웨이를 넣어 만드는 증류주. 삭힌 상어나 양 고환(!)과 어울린다고 전해진다. 살인적인 아이슬란드 물가를 생각하면 저렴한 편으로, 라벨에 아이슬란드 지도가 그려져 있다.

발베니The Balvenie

스코틀랜드 하이랜드 지역 싱글몰트 위스키. 13세기부터 있었던 근처 고성에서 이름을 가져왔다. 1892년 윌리엄 그랜트가 증류소를 설립한 이래 130여 년 동안 맥아 제조, 병입 전 과정을 사람에 의해 수제로 진행해 온 발베니는 싱글몰트 위스키 입문자에게 걸맞다. 버번과 셰리 2개의 오크통에서 숙성시키는 '캐스크 피니시' 기법을 최초로 사용한 더블우드 12년(40%)이 대중적이다.

코젤 다크Kozel Dark

흑염소가 맥주 잔을 들고 있는 라벨의 코젤은 체코어로 '숫염소'라는 그 이름과는 달리 부드럽고 달콤한 맛의 흑맥주로 '여자들의 맥주'로 불리기도 한다.

미미사워 맥주

남양주에 위치한 에잇피플 브루어리의 '미미사워Mimi Sour'는 미국식 크래프트 에일로, 보리를 발효한 맥아를 넣는 일반 맥주와는 달리 비싼 경기미를 첨가한 쌀 맥주다. 일본 국제맥주대회에서 2022, 2023년 연속 '아메리칸스타일 사워 에일' 부문에서 금메달을 수상했으며, 풍부한 산미를 자랑한다.

연태 고량주 골드

산둥반도 동북부에 위치한 연태시의 맑은 봉래선천수로 빚은 술로, 파인애플 향에 배와 사과 맛이 난다. 중식뿐 아니라 생선요리, 붉은 육류 요리와도 어울린다.

벨 아미Bel Ami

콘크리트와 나무, 스테인리스에서 각 30%씩 숙성하고 나머지 10%를 프렌치 오크통에 숙성한 프랑스 론 지역 와인으로 과실의 풍미와 함께 탄닌이 진하게 느껴진다.

렌토れんと

'렌토lento'란 '천천히'라는 뜻의 음악 용어다. 흑설탕 소주로, 저장 탱크 속에서 클래식음악을 들려주며 3개월 이상 천천히 숙성시킨 술이다. 음악 진동이 효모의 활동을 활발하게 하고, 알코올 입자를 감싸서 풍부한 향을 만들어낸다. 사탕수수 재배가 발달한 아마미군도의 섬 지역에서만 만나볼 수 있다.

1장

프로 외박러의

행복 채집기

행복한 일 하나는
늘 일어나는 캠핑

feat. 경북 영양 수비별빛 캠핑장

한여름 텐트를 치고 나면 땀이 착즙기 주스처럼 흘러내린다. 캠핑 힐링 지수가 관 뚜껑 닫히듯 닫혀버리려 할 때쯤의 CPR(심폐소생술)은 바로 계곡과 시원한 맥주. 사이트 구축을 마치자마자 얼음처럼 차가운 영양 수비 계곡물에 발을 담근 채 식도를 얼릴 듯한 차가운 맥주부터 쏟아붓는다. 쏴아~ 물 흐르는 소리 때문에 휴대폰 벨 소리는 들리지도 않는다. 너른 마당바위에 누워 물소리를 듣고 있자니 왜 선조들이 심산유곡 바위 위에 그렇게들 글씨를 새겼는지 알 것만 같다. 술 마시며 장쾌한 물소리를 듣다 보면 문장이 뇌를 거치지 않고 바로 손가락으로 튀어나오는 것 같은 느낌이다. 주변 소음을 모두 덮어버리는 대자연의 장엄함이 알코올과 만나 시너지를 일으키자, 나 역시 일주일 내내 막혀 있던 첫 문장이 막힌 변기 뚫듯 나올 것만 같다.

그때였다. 바위 사이에 끼워 둔 우리의 맥주가 흘러가기 시작한 건. 저기 반짝이는 건 뭐지? A와 나, 둘 다 멍하니 그것을 쳐다보다 먼저 정신을 차린 A가 벌떡 일어나 하류로 뛰어간다. 그리고 심바를 들어 올리던 〈라이온 킹〉의 라피키처럼 나를 향해 자랑스럽게 탈영 직전의 맥주를 치켜들었다.

계곡물에 발만 깔짝대는 게 성에 차지 않았던 우리는 산속 계곡으로 향했다. 오지 끝판왕이라는 경북 영양 수비면에 자리한 이 캠핑장 앞 계곡을 건너면, 용추폭포가 있는 직녀탕으로 가는 산길이 나타난다. 오작교를 기준으로 견우탕과 직녀탕이 자리하고 있는데, 우리는 물이 더 많은 직녀탕을 택했다. 사실은 독이 강하다는 아기 살모사가 견우탕으로 들어간 걸 보았기 때문이기도 했다. 그만큼 깨끗하니까 뱀이 있겠지 뭐. 우린 태어난 김에 사는 사람처럼 뱀 따위는 잊은 채 옷을 입은 그대로 계곡물에 몸을 빠트렸다.

물안경 너머로 송사리 떼가 헤엄치는 게 보였다. 캠장님의 추천을 받고 온 곳이긴 했지만 퍼런 계곡물을 보니 막상 겁이 났다. 하지만 그리 깊지 않다는 걸 깨닫고 나니 닥터피쉬처럼 달려드는 물고기들이 오히려 니모처럼 귀엽게만 느껴진다. 태어나서 처음 물놀이를 하는 강아지처럼 신난 우리는 이가 딱딱 부딪힐 때까지 수영을 했다. 그리곤 각자 팔에 올라온 닭살을 확인하고서도 짐짓 모른 척하다 파랗게 질린 서로의 입술을 보고 나서야 물에서 나왔다.

더위만큼이나 무서운 여름 캠핑의 천적은 벌레다. 캠핑장의 벌레는 무지개떡처럼 다양하다. '미국'과 '선녀'가 대체 무슨 관계인지 모르겠지만 '미국선녀벌레'라 이름 붙여진 흰솜깍지벌레도 자주 마주치고, 〈미션 임파서블〉의 톰 크루즈처럼 역 레펠로 내려와 공중에 떠 있는 애벌레들도 있다. 조명에 계속 박치기를 하는 매미나방도 많다. 자기 날개가 타버리는 것도 모르고 태양 가까이 가는 이카로스처럼 나방들은 계속해서 캠핑 조명을 향해 돌진했다. 아, 저래서 불나방 불나방 하는구나.

막걸리를 마시고 있던 A가 부스럭대더니 겨드랑이에서 벌레 한 마리를 꺼낸다. 10분 전 내 머리카락 속으로 들어간 친구를 구하러 온 다른 벌레들 역시 무장 공비처럼 끈질기게 다시 침투 중이다. 이럴진대 거무튀튀한 컬러의 연탄닭갈비에는 벌레들이 얼마나 많이 들어가 있을까.

"어차피 어두워, 언니. 그냥 먹자. 단백질이지 뭐."

이름까지 지은 반려 매미를 발등에 올린 그녀가 날 향해 말한다.

"그래. 엄밀히 따지면 얘네 집에 우리가 온 거잖아."

캠핑 8년 차, 화장실에 간 나는 새장에 가둬도 될 만한 큰 나방과 함께 수도꼭지를 공유하며 손을 씻는 씩씩한 캠퍼가 되었다.

자리로 돌아온 나는 영양의 100년 양조장에서 사 온 은하수막걸리(6%, 650㎖)를 흔들었다.

"손목에 스냅을 주란 말이야, 이렇게."(나)

그러나 파괴왕인 나의 행보는 오늘도 이어진다. 막걸리의 탄산을 뺀답시고 스노우피크 캠핑용 젓가락으로 막걸리 뚜껑을 때리는 순간, 본체에서 분리된 젓가락 꼭지가 북한의

ICBM처럼 날아가 버린 것. 두 개 중 하나는 파쇄석 위에 안착하는 걸 목격했으나 아무리 찾아도 나머지 하나가 안 보인다.

"언냐, 낼 아침에는 돌에 파묻혀서 더 못 찾아. 그니까 지금 찾아요."(A)

'연골 더 없애고 싶지 않으면 쭈그려 앉지 말라'라던 의사의 경고가 떠올랐지만 어쩔 수 없이 한참을 쭈그린 채 랜턴으로 바닥을 수색했다. 그러나 결국 젓가락 뚜껑을 찾지 못한 우린 관객보다 먼저 흥이 올랐다가 급격히 텐션이 떨어진 드러머처럼 빠르게 풀이 죽었다.

'아니, 애초에 젓가락에 뚜껑을 왜 만드냐', '막걸리 대충 마시면 되지 뭣 하러 스냅을 줬냐'라며 티격태격하다 다시 술잔을 부딪쳤다. 그러다 눈을 들어 하늘을 봤다. 그런데 비가 와서 못 볼 거라던 은하수가 산 능선 너머 하늘 가득 빛담요를 펼치고 있는 게 아닌가. 와, 어떻게 은하수 막걸리를 마시는데 은하수가 펼쳐지냐.

A가 말한다.

"우와, 캠핑을 오면 행복한 일이 꼭 하나는 있다, 언니."

그 순간 내 스테인리스 술잔 속에 뭔가 반짝! 하는 게 보인다. 이번엔 반짝이는 벌레인가. 하지만 그 비싼 히비키

(43%, 700㎖) 위스키인데 차마 버릴 순 없지. 잔에서 벌레를 건져내는 순간, 이게 웬일? 우리가 그토록 찾아 헤맨 젓가락 뚜껑이 영롱하게 빛나고 있는 게 아닌가. 집 나갔다 돌아온 젓가락 뚜껑을 발견한 우린 또 가난하지만 행복한 록커처럼 거세게 술잔을 부딪쳤다.

다음 날 아침, A와 나는 아침 겸 해장상을 차리기 위해 캠핑장 옆 텃밭을 돌며 오이와 방울토마토를 땄다.

"이건 땅콩, 저건 고구마네. 왜 고추는 저것밖에 못 자랐지, 지주대를 안 세웠나?"

도시 여자의 탈을 쓴 A가 영농 후계자 같은 지식을 가진 이유는 그녀가 이곳 영양에서 어린 시절을 보냈기 때문이다. 할머니를 따라 깊은 산에서 버섯을 캐며 자란 그녀가 정감 어린 농사 지식을 주절거리자 나는 기분이 좋아졌다. 그리고는 의자에 앉아 ASMR 듣듯 눈을 감았다. 덕분에 지주대를 세워주지 않으면 고추가 높게 자랄 수 없다는 것도, 상수리나무와 도토리나무의 생김새가 어떻게 다른지도, 한여름 숲길로 가는 돌계단에 붙어 있는 게 민달팽이라는 사실도 알게 됐다.

텃밭에서 돌아온 우리는 직접 딴 채소, 과일과 함께 캠핑장 닭이 막 낳은 귀한 청란으로 아침상을 차렸다. 양조장 카페에서 사 온 막걸리 타르트와 함께 맛있게 내린 커피도 마셨다. 내 입으로 들어가는 것이 어디서 왔고 어떤 과정을 거쳐 내 입에 도달하게 됐는지를 눈으로 보고 나면, 외부의 자극에 조금 덜 흔들리고 조금 더 잘 지탱할 힘이 생기는 것 같다. 어린 고추를 잡아주는 지주대처럼.

캠핑을 가면 늘 행복한 일이 일어난다던 A의 말은 틀리지 않았다. 연골이 빠지도록 찾아 헤매던 젓가락 뚜껑을 술잔 속에서 우연히 찾아내는 마법 같은 일, 기대하지도 않았던 찬란한 은하수를 보는 일, 아무도 지켜보지 않아도 쑥쑥 잘 자라는 오이를 따는 일, 계곡물에 떠내려가던 테라 일병을 구출하는 일…… 도시에서는 해볼 수 없는 일들이 캠핑을 가면 아무렇지 않게 툭툭 일어난다.

행복은 주문하면 집 앞으로 오는 택배 상자가 아니라 눈에 보일 때마다 조금씩 주워 먹어야 하는 모이 같은 것이었다. 좋은 여름이었다.

해발 800미터 위
이상하지만 따뜻했던 다회

feat. 경북 영양 맹동산 풍력단지

강원도도 아니지만 여름엔 고랭지 배추밭이 끝없이 펼쳐지고 가을엔 소가 억새밭 능선을 돌며 풀을 뜯는 곳이 있다. 알프스 소녀 하이디가 콧노래를 부르며 우유를 짜고 있을 것 같은 풍경이다. 이곳은 운해와 일몰, 은하수 맛집. 바로 경북 영양군에 위치한 맹동산(768m) 풍력단지다. SNS에는 절대 공개 안 하는 우리의 캠핑 전략 요충지인데, 산 정상까지 차로 갈 수 있다는 것도 무릎 연골이 텅 빈 나를 매혹시킨 이유다.

지난번에 이곳을 찾았을 때는 강한 바람이 동서남북 네 방향에서 막장 드라마 속 재벌 회장의 싸대기처럼 정신없이 뺨을 올려붙이는 통에 일찍 하산해야만 했다. 하지만 이번엔 은퇴한 사채업자처럼 날씨가 온화하다.

　어젯밤 A와 거하게 한잔한 후 침낭을 폈던 것까진 기억이 난다. 하지만 왜, 난, 지금, 처음 보는 분들과 앉아 보이차를 마시고 있는 거지? 여긴 어디? 나는 누구? 한 시간 전으로 시간을 돌려보자.

　"대추 말린 것도 한번 먹어봐요."

　아직 잠이 덜 깬 내 귀에 낯선 아주머니들의 웃음소리가 들려온다. 간간이 박수 소리도 섞여 있다. 눈을 떴더니 함께 캠핑 온 A가 낯선 아주머니들과 앉아 차를 마시고 있었다. 응? 뭐지? 해발 800미터 가까운 맹동산에서 피크닉 바구니를 펼친 채 다과회를 하는 이 초현실적인 풍경은…… 꿈인가? 어제 우리가 와인을 몇 병 땄더라? 돌아누워 다시 잠을 청했다. 그런데 웃음소리가 사라지지 않는다. 더욱 질끈 눈을 감았다. 그때 A가 갑자기 내 침낭을 확 열어젖힌다.

　"언니 깼어요? 차 드시러 나오래요!"

비척비척 일어나 탈피하듯 침낭에서 몸을 빼내 본다. 사이트 앞에선『이상한 나라의 앨리스』속 토끼의 티파티처럼, 일종의 다과회라고 부를 수 있는 수상한 모임이 열리고 있었다. 바닥엔 에스닉풍의 피크닉 매트가 깔려 있고, 60대 장년층으로 보이는 일행 가운데 좌장인 듯한 주인공이 퇴수기까지 갖춘 채 차를 내리고 있었다. 그가 전날의 숙취로 인해 허여멀건한 얼굴의 좀비처럼 걷는 나를 향해 말했다.

"일로(이리) 오세요. 여기 자리 비워놨다~"

일행들은 몇 년이나 회원 가입이 없던 다회에 등장한 신입을 맞는듯, 잘 훈련된 다도 부대원처럼 일사불란하게 내 앞에 일인용 티 매트를 깔고 물을 끓였다. 다관과 찻잔은 물론이거니와 차를 식히는 찻사발과 물을 식히는 숙우, 찻잔 아래 까는 티코스터까지 갖춘 완벽한 다기 세트를 맹동산 자락에서 보다니.

"어디서 왔어요?"

"서울에서 왔습니다. 맹동산 고갯길 운전이 너무 힘들던데요."(A)

"(A를 향해) 영양이 고향이래매? 영양 사람이 이 정도 꼬부

랑길 운전 못하면 안 되지."

경북 3대 오지인 BYC(봉화, 영양, 청송) 중 하나인 영양에는 없는 게 세 가지 있다. 고속도로, 철도, 그리고 4차선 도로가 바로 그것. 당진영양고속도로가 개통되기 전에는 서울에서 여섯 시간이 걸리던 오지로, 특히 맹동산은 차 한 대가 겨우 지날 수 있는 임도에 꼬부랑 고갯길이 많은 곳이라 운전하기가 쉽지 않다.

서울 촌것들의 운전 실력을 비웃던 다회 회원들은 "몇 살만 젊었어도 나도 캠핑해 보고 싶다"라며 고개를 돌려 우리의 캠핑용품들을 들여다보았다. 차에 주전자와 휴대용 가스레인지를 늘 싣고 다니면서 좋은 풍경이 보이면 자리를 펴고 차를 마신다는 이들은 모두 어릴 적 친구들이었다. 운해를 보러 맹동산 정상 전망대까지 올라왔던 그들이 침낭 속의 낯선 두 처자를 발견하고 다회 신입회원으로 끌어들인 것이다.

다회 회원들은 차와 함께 견과류와 말린 대추를 펼쳐놓고 우리가 가져온 호밀빵을 세팅했다. 그리고 다 마신 와인병에 노란 야생화를 꽂으니 꽤 그럴싸한 '맹동 브런치'가 되었다. 나는 수십 년 전 고교 다도반에서 배운 기억을 총동원하며 새끼손가락을 들어 올린 채 교양 있게 찻잔에 입을 갖다 댔다. 그리곤 미리 약속이나 한 듯 토끼의 티파티에 초대된 앨리스처럼 차를 홀짝였다.

젊은 시절 오지 여행을 즐겨 다녔다는 다회의 좌장은 우리의 식은 차를 따라내 버리고 따뜻한 차를 쉴 새 없이 부어주었다. 허리를 수술했다는 한 회원은 내 캠핑 의자에 앉아차를 즐겼고, A와 나는 적당한 온도의 보이차에 이어 우엉차까지, 그들이 따라주는 대로 연거푸 차를 마셔댔다. 나는낮을 심하게 가리는 '극I'였지만 산소가 평지보다 다소 부족한 해발 800미터였기 때문일까, 뭔가에 홀린 듯 그분들과셀카까지 찍으며 얘기를 나눴다. 덕분에 우린 시어머니 병수발을 이십 년이나 했는데 최근에 돌아가셔서 마음이 적적하다는 사연, 부모한테는 하루가 일 년 같은데 자식들이 여행을 차일피일 미루기만 한다는 사연, 새로 필라테스를 시작했는데 젊은 처자들 사이에서 눈치가 보인다는 회원들의사연을 모두 알게 되었다.

그러나 이상하게도 그 대화 속에는 싱글 여자에게 흔히쏟아지기 마련인 '결혼은 했냐?', '중매해 준다'는 오지랖 넘치는 공격도, '답정 자식 자랑'도 없었다. 그 대신 다회 회원들은 영양의 은하수가 얼마나 멋진지, 해가 질 때 발전기 바람개비가 얼마나 예쁜 붉은색으로 달궈지는지, 가을 은빛 억새가 맹동산 능선을 따라 얼마나 아름답게 빛나는지를 말해줬다. 그리고 손사래를 치는 우리의 입을 곶감으로 틀어막으며 디저트 과일까지 챙겨주고는 바람같이 맹동산을 내려갔다.

글쎄, 굉장히 묘한 느낌이랄까. 그냥 처음 본 아주머니들께 차를 얻어 마셨는데, 옆집에 누가 사는지도 모르는 곳에서 살다 온 낯선 처자들에겐 해발 800미터 위의 이 다회가 너무나 다정하고 따뜻하게 느껴졌다. 반듯하게 접힌 다포(차수건)에 곱게 수놓은 연잎 무늬에서 자신을 함부로 대하지 않으면서 산뜻하게 사는 그들의 모습을 느낄 수 있었다. 그리고 자신들의 신산한 일상에 매몰되는 대신 작게나마 꾸준히 자신들이 좋아하는 것을 놓치지 않고 사는 그들의 모습을 열렬히 응원하고 싶어졌다.

운해가 밀물처럼 밀려들자 이윽고 산은 섬이 되고 풍력발전기는 움직이는 등대가 되었다. 일몰에 빨갛게 달아오른 풍력 발전기는 밤이 되자 바람개비 가닥마다 별을 품기 시작했고, 수많은 출사꾼들을 유혹했을 은하수가 온 하늘을 가득 채웠다. 랜턴의 불을 껐더니 하늘의 별이 휘영청 밝게 켜졌다. 보이지 않는 바람이 바람개비를 조용히 돌려 하늘로 은하수를 밀어 올렸다. 별 볼 일 없는 도시에서 온 우리는 별 볼 일 많은 영양이 더 좋아졌다. 오늘 아침, 이상한 티 파티에서 따스하고도 기묘한 환영을 받아서였을까. 인턴 기자 시절, 매일 방탄조끼처럼 가방에 넣고 다니던 동화책 『이상한 나라의 앨리스』 속 대사가 떠오른다.

"네가 어디로 가고 싶은지 모른다는 건 어떤 길이든 택할 수 있다는 뜻이잖아."

어디든 내키면 천을 펼치고 차를 내린다는 다회 회원들은 내일은 또 어떤 곳에서 다회를 열까. 가끔은 『이상한 나라의 앨리스』의 토끼를 따라 가보지 않은 길도 가보고, 그렇게 만난 묘한 친구들에게 따뜻한 차 한잔 얻어 마시는 것이 인생 아니겠냐고, 차향 가득 스민 바람개비가 우리를 굽어보며 말했다.

이동갈비와 표고 버섯의
행복한 콜라보

feat. 경기 포천 멍우리협곡 캠핑장

니가타의 "국경의 긴 터널"까지는 아니었지만, 터널을 빠져나오니 포천은 설국이었다. 똬리 틀듯 굽이치는 명성산(921m) 도로는 산의 발목께에 와서도 쉽사리 자신의 주름을 펴주지 않았다. 언니들 몰래 접어놓고 보던 할리퀸 로맨스의 야한 페이지도 아닌데, 이 산은 블박을 돌려봐야 할 절경을 대체 몇 개나 숨겨두고 있는 건가. 난 리액션 좋은 방청객처럼 크게 탄성을 내지르며 상고대 군락을 끼고 달렸다. "우와!", "헐~", "와아아아~" 자꾸만 차를 갓길에 갖다 대게 만드는 설경은 포천 멍우리협곡 캠핑장에 도착할 때까지 끊임없이 이어졌다. 도착하자마자 텐트와 침낭을 펴고 나니 이젠 위장이 자기네 주름도 펴달라고 아우성이다.

　50여 년 역사를 지녔다는 김미자 할머니네 이동갈비의 포장을 뜯었다. 자작한 양념에 재운 물갈비는 몇 번 씹지 않아도 참기름 바른 워터 슬라이드처럼 식도로 꿀떡꿀떡 넘어갔다. 한쪽 팔을 다치고 나서도 계속 갈빗대를 꽂았다는 김 할머니가 내 등을 쓸며 '괜찮다, 괜찮다'라고 말해주는 느낌이었다. 역시 '인생은 고기서 고기'였던가. 지금까진 눈 내리는 선자령에서 백패킹용 버너로 끓인 라면이 캠핑 먹방 1위였다. 붉은 국물이 흰 눈 위에 선혈처럼 떨어질세라, 깊은 산으로 숨어든 빨치산처럼 단숨에 해치웠던 라면 먹방의 아성을 오늘 포천 이동갈비와 막걸리가 호쾌하게 무너뜨렸다.

　산이 깊고 공기와 물이 깨끗해 전국 막걸리 제조사 절반이 모여 있다는 포천. 이동갈비의 부드러운 살점은 어금니에 채 닿기도 전에 위로 직행했다. 묵직한 막걸리가 포천 설경과 만나니 입속에서 우주 빅뱅이 일어나는 것 같았다. 보통 막걸리보다 1.5배는 더 큰 용량의 이동막걸리(6%, 1200㎖)

를 여자 둘이 해치운 이유는 그러니까, 다 물 좋고 공기 좋은 포천 땅 잘못이다.

그런데 이동갈비라는 '용'의 마지막 눈동자를 완성한 화룡점정은 놀랍게도 표고버섯이었다. 캠핑장 매점에 놓여 있던 4,000원짜리 포천 표고를 별생각 없이 이동갈비 국물에 투하한 A와 나는 또 별생각 없이 버섯을 건져 먹다가 휘둥그레 놀란 눈으로 서로를 쳐다보았다. '1등 표고, 2등 능이, 3등 송이'라는 엄마 말은 틀리지 않았다. 왜 버섯인데 고기 같지? 순연한 버섯의 속살이 그 어떤 첨가물도, 화학조미료도 없이 15년 동안 숙성된 특제 간장으로 양념한 이동 갈비 국물과 만나자 시너지가 폭발했고, 미친 그 맛은 날개를 단 듯 혀의 미뢰를 헤집으며 쏘다녔다.

오물오물 고소한 표고를 씹고 있자니 인류보다 더 오래됐다는 버섯의 역사가 생각난다. 축축하고 어두운 곳에서 자라난 곰팡이도 이리 작열하는 천상의 맛을 내는데, 난 지금껏 그깟 회사 일이 힘들다고 징징대고나 있었던가. 진시황이 왜 영지버섯을 불로장생의 명약으로 생각했는지 알 것만 같았다. 우리는 그렇게 표고버섯을 두 박스나 절단냈다.

'술꾼 도시처녀들'이 아니라 '버섯 연쇄 살해 산꾼 처녀'들이었다. 산에서 금방 딴 표고를 유통 과정 없이 캠핑장으로 바로 갖다주기 때문에 향과 맛이 진하다는 것도, 표고가 포천의 8미에 들어간다는 것도 나중에야 알았다.

2차는 생선이다. 시장에서 사 온 삼치와 고등어의 배를 신중하게 열고, 사이 좋게 모닥불 위 석쇠에 올려놓는다. 그리고는 왕에게 차를 따르는 내관처럼 차분하고 진중하게 구이판을 뒤집는다. 모닥불 앞에 앉은 상대의 말에 적절한 리액션을 더하며, 생선의 연한 살이 불에 너무 가까이, 또 오래 닿지 않게, 느리지만 일정한 속도로 방향을 돌리며 골고루 굽기란 결코 쉬운 일이 아니다. 산속에서 모닥불에 생선을 구우니 수렵 시대 사냥꾼이 된 듯 거칠고 묘한 해방감이 풀풀 일어났다.

이제 생선과 먹을 사케를 데워 볼까. 아기 유리병을 소독하듯 미니 사케 병을 코펠에 넣어 중탕을 해본다. 그러나 미니 사이즈로는 절대 성이 차지 않는 우리는 아예 사케를 가득 채운 주전자를 모닥불 위에 올렸다. 뜨거운 사케를 호호 불며 생선구이를 뜯으니 눈 쌓인 포천 협곡에서 양산박의 108호걸들이 된 듯 호쾌한 기분이 들었다.

갑자기 요의가 느껴진다. 아무도 밟지 않은 눈을 꾹꾹 밟으며 도착한 화장실엔 온풍기가 24시간 돌아가고 있었다. 궁둥이를 떼고 싶지 않은 따뜻한 비데라니. 이 정도면 내 텐트보다 아늑한데?

텐트로 다시 돌아가는 길, 나무들 사이에 안개가 자욱하다. 어라, 이거 안개가 아닌데? 날씨 뉴스를 보니 초미세먼지 주의보가 뜬다. 미세먼지와 황사로 올겨울 가장 나쁜 대기질에 야외 캠핑이라니. 근데 해발 500미터 산에도 미세먼지가 올라와? 그러나 술에서 덜 깬 내 눈에는 감성적인 랜턴 불빛 아래 펼쳐지는 몽환적이고 목가적 풍경일 뿐이었다. 캠핑이 그렇다. 날이 맑으면 맑은 대로 멀리까지 보이고, 날씨가 흐리면 흐린 대로 은은한 풍경이 되는 것.

다음 날 아침, 툭~! 텐트로 누가 눈 뭉치를 던진다. 무거운 눈을 머리에 인 소나무가 자꾸만 눈싸움을 걸어대자, 어쩔 수 없이 텐트 문을 열고 나온다. 마치 영월 청령포나 울진의 양원역에서처럼 강이 땅을 휘몰아쳐 나가는 풍경을 텐트에서 5분만 걸어 가면 볼 수 있다. 이것이 내가 이곳 협곡 캠핑장을 좋아하는 이유다.

둘레길을 끼고 전망대까지 가면 유네스코가 '환상적'이라고 공식 지정한 주상절리가 튀어나온다. 〈왕좌의 게임〉 배경 같은 설정을 탄탄히 허리에 두른 채 휘몰아쳐 가는 물결 일부를 빙하로 만들어 자신의 배 위에 얹어 띄워 놓고 있는 한탄강. '안을 포抱'에 '내 천川' 자를 쓰는 포천은 말 그대로 한탄강을 포근히 끌어안고 있었다. 수천 년 동안 얼음과 눈 아래를 흘러왔을 강물을 바라보니, 풀지 못한 현생 속 오해들과 내 존재를 증명해 내야 하는 모든 과업들도 저 얼음 아래로 사라진다.

도시의 피로함을 눈밭에 씻어내듯 한 발 한 발 성실하게 내디딘다. 주는 것 하나 없이 짜증만 내는 내 취재원에게 포천 표고 맛을 아느냐고 묻고 싶다. 그는 아침 7시와 9시의 설경이 달라진다는 것도 모르겠지. 그의 모든 날카로운 언행들이 갑자기 짠해졌다. 산이 저리 높은데, 강이 저리 휘영청 흘러가는데, 아무럼 어떤가. 무릎이 꺾일 때마다 나를 대자연 앞으로 데려가 눕히는 것은 머리로 하는 다짐이 심장까지 오는 게 오래 걸리는 나를, 빠르게 열패감에서 벗어나게 만드는 나만의 생존 비기다.

찌뿌둥한 몸으로 영하 12도의 텐트에서 눈을 뜨며 생각했다. 나, 아직 안 죽었네. 뻐근한 통증이 요추에 느껴지고 바닥 냉기가 폐부를 파고들면 둔해져 있던 생의 감각이 되살아난다. 아, 내가 내는 전기세는 얼마나 소중한 것인가. "여행이란 결국 자기 집 화장실이 세상에서 가장 좋다는 걸 깨닫는 것"이라던 어느 작가의 말도 떠오른다. 그리고 따뜻한 모닝커피가 무척이나 간절해진다.

뽀득뽀득 눈밭을 걸어 들어가면 나오는 모닥불 사이트, 다음 캠핑객까지 미소 짓게 만들 눈사람의 높은 완성도를 보니 어쩐지 마음이 찌르르해진다. 불을 피우고 커피를 내린다. 로스팅 한 지 아무리 오래된 원두라 해도 차가운 겨울 공기라는 피처링만 있다면 자메이카 블루마운틴 No.1 커피 맛을 낼 수 있다.

내 몫의 행복은 나 대신 축의금 봉투를 대신 넣어주는 일처럼 누가 대신해 줄 수 있는 게 아니라, 걸을 때마다 100원이 적립된다는 캐시워크처럼 부지런히 긁어모아야 하는 것이었다. 어쩌면 오늘 하루치의 행복은 저 일렁이는 모닥불 뒤로 보이는 눈사람 같은 것일지도 모른다.

햇미나리 향 가득했던
어느 봄날의 어여쁜 캠핑

feat. 경남 양산 라라캠핑장

삼겹살이 있었는데, 없었다. 캠핑장에 짐을 푼 후 '원동 청정 미나리 연구회 회원의 집'을 지나, 15번 비닐하우스로 향한 것까지는 기억이 난다. 미나리 한 단에 삼겹살 450그램 (2인)이라고 적혀 있는 차림표를 확인한 것이 불과 30분 전.

"둘이 450그램이면 충분하겠지?"

그러나 오판이었다. 불판 위에서 쉭쉭~ 가쁜 숨을 내쉬며 미나리와 함께 춤추던 한돈 1킬로그램은 고속도로를 탄 듯 순식간에 우리 둘의 뱃속으로 사라졌고, 뒤이어 볶음밥까지 끝내는 데 채 1시간도 걸리지 않았다. 사장님 표 묵은 지와 햇미나리, 삼겹살이 우리의 저작근에 쉴 틈을 주지 않았기 때문이다.

봄의 전령사 미나리를 가장 빨리 만날 수 있는 경남 양산 원동면 청정 미나리 축제. 코로나 이후 몇 년 만에 치러지는 봄 축제라 그런지, 1번부터 15번까지 숫자를 단 비닐하우스는 빈자리 없이 빽빽했고, 원동, 함포, 내포, 영포마을까지 2.5킬로미터에 이르는 미나리 타운 주변으로 여러 대의 관광버스가 드나들며 끊임없이 사람들을 부려놓고 있었다.

"언니! 우리 미나리 사서 캠핑장에서 전 부쳐 먹자!"(A)

미나리 수육, 미나리 해물파전, 미나리 부대찌개 등 미나리로 해 먹을 수 있는 수많은 경우의 수를 헤아리며 계산대로 향한 우리. 하지만 이게 웬 청천벽력인가. 벽에는 '당분간 포장 판매를 하지 않습니다(하우스에서 자라는 중)'라고 쓴 현수막이 붙어 있었다. 간만에 열린 축제 탓에 미나리 공급이 사람들의 수요를 채 따라가지 못한 것이다.

미나리를 못 샀다는 아쉬움에 식당 앞 비닐하우스를 떠

나지 못하던 우리 눈에 미나리를 다듬는 할머님들이 눈에 띄었다.

"아이고 할머니, 허리 안 아프세요?"(나)

"미나리는 커쌓제, 사람은 오제, 우야노?"(할머니1)

그때 할머니들의 발치에 수북이 쌓여 있는 잔 미나리가 눈에 들어온다.

"근데 이거 버리시는 거예요? 아깝다."(A)

"그거는 잘아가(작아서) 몬 씬다(못쓴다)."(할머니2)

"미나리 전 구워 먹으려고 했는데 안 팔더라고요."(나)

"(잔 미나리를 건네며) 이거라도 가(가져) 갈래?"(할머니3)

상품용이 아닌 미나리라지만 그냥 받기가 면구스러웠던 우리는 캠핑장에서 마시려고 했던 대나무 통술을 차에서 급하게 꺼내 왔다.

"아이구, 뭘 이런 걸 주노! 개안타!"

거의 화내듯 손사래를 치시던 할머님들이 갑자기 굵은 미나리 한 단을 서슴없이 내미신다.

"아나아나(자)! 할매 마음이다! 자!"(할머니1)

"아니, 아니, 아니에요! 그건 파세요~ 파세요!"(A와 나)

할머님들이 30분은 족히 다듬는 걸 본 상품용 미나리다.

행여 애써 모은 미나리를 안길 새라 우린 빚쟁이를 만난 채무자처럼 빛의 속도로 줄행랑을 쳤다.

그렇게 대나무 술과 맞바꾼 잔 미나리를 꽃다발처럼 손에 쥔 우리는 캠핑장으로 향했고, 이윽고 미나리전 제작에 착수했다. 먼저 코펠에 부침가루와 물을 붓고 갠 뒤 히말라야 핑크 솔트를 캠핑용 미니 그라인더에 갈아 뿌린다. 그리고 미나리의 본질을 해치지 않을 만큼 아주 조금만 반죽을 묻힌다. 부침가루가 살짝 스쳐 간 미나리에 채 썬 양파와 버섯을 넣고 계란 물로 코팅한 후 장작불 위에 올리면 완성.

어떤 고장으로 캠핑을 가도 그 고장의 제철 식자재로 자주 먹방을 찍는 우리였지만, 원동면의 햇미나리는 지금까지 우리와 대련한 수많은 식자재 중에서도 단연 절정 고수였다. 해발 1,000미터 영남 알프스에서 발원한 맑은 물과 차가운 지하수가 키워내서일까. 초록색 피부 아래 갇힌 수분이 눈에 보일 듯 탱글탱글한 연둣빛의 햇미나리로 부쳐낸 전은 씹기 전, 씹는 순간, 또 식도로 넘어간 후에도 사라지지 않는 진한 향으로 우리의 위장을 위무했다.

피를 정화하고 해독 작용이 있다는 미나리. 그래서인지 전날 위맥(위스키+맥주)으로 폭주했음에도 다음 날 아침엔 계

수나무에 간을 걸어 넣고 온 〈수궁가〉의 토끼처럼 숙취가 1
도 없었다. 오늘의 조식은 어제 남은 잔 미나리를 넣은 라면.
씹을 새도 없이 면발을 넘기는 내 옆으로 라면 면발을 숫제
들이키고 있는 A를 발견했다.

"너 원래 아침 잘 안 먹는다고 안 했냐?"(웃음)

찰나에 미나리 라면을 끝낸 우리는 염소처럼 생미나리
를 질겅질겅 씹어대며 아침 불멍을 즐겼다.

배를 두드리며 향한 낙동강 변 매화밭에는 기찻길 옆으
로 홍매화가 가득 피어 있었다. 영화 〈미나리〉에서 순자(윤
여정)는 손자 데이비드에게 말한다.

"미나리는, 어디에 있어도 알아서 잘 자라고, 부자든 가
난한 사람이든 누구나 건강하게 해줘."

어여쁜 미나리 꽃다발, 그 미나리를 아낌없이 쥐여주던 할
머님들의 주름진 손길이 다시 생각났다. 그 순간만큼은 할머
니들의 굳은살 박인 손이 초봄의 홍매화보다 훨씬 더 예뻐 보
였다. 벌써부터 내년의 햇미나리 맛이 기대되는 봄이었다.

쪼그라든 손가락이 다시 부풀어 오르듯
인생사 온천지마

feat. 강원 인제 오아시스정글 캠핑장

<졸지 마세요. 쉬었다 가세요. 범칙금 14만 원에 회 한 접시 날아 갑니다>

졸음운전 방지 현수막에서조차 동해 바다의 드넓고 강 건한 기운이 느껴진다. 강원도 인제로 캠핑을 오면 빼놓지 않고 가는 곳이 두 군데 있다. 바로 굽이굽이 몰아치는 울산 바위의 위용을 볼 수 있는 한계령 휴게소와 캠핑장 내에 노 천 온천이 있는 필례계곡이다. 인제읍과 한계령 사이 필례

계곡에 위치한 이 캠핑장으로 말할 것 같으면, 알몸으로 노천탕에 앉아 울창하게 우거진 자작나무 숲을 볼 수가 있는, 한국에서 가장 작은 노천탕이 있는 곳이다.

캠핑장마다 대부분 샤워실이 있지만, 씻을 시간에 술 한 잔 더 마시자는 주의인 A와 나는 캠핑장 타임을 꽉 채워 즐기고, 다음날 주변의 온천 사우나를 즐겨 이용하는 편이다 (대부분 한참 음주의 흥이 오르는 밤 10시까지만 샤워실을 쓸 수 있다). 필례계곡의 이 캠핑장 사이트를 예약하면 게르마늄 함량 세계 2위(1위는 프랑스 루르드에 있다고)라는 온천 이용권이 나오기 때문에 철수 후 논스톱으로 온천을 즐길 수 있다.

텐트 철수를 마친 우리는 빠르게 헐벗은 뒤 노천탕으로 향했다. 비바람 때문에 전날 새벽에 일어나 텐트 주변에 망치질을 했더니 관절 곳곳이 성이 나 있다. 노천탕은 어른 몇 명이 들어가면 꽉 찰 정도로 작기 때문에 자작나무숲을 볼 수 있는 앞자리 선점엔 스피드가 생명이다. 물이 식지 않게 수면 위에 덮어놓은 뽁뽁이를 몸으로 걷어내며 빠르게 앞으로 나아간다. 결국 오늘 자작나무 뷰는 우리가 차지했다. 물에 몸을 담그니 온몸의 세포가 땀구멍 맨 밑바닥까지 즐거

위한다. 주인아, 어제 캠핑은 좀 힘들었다.

견갑골이 날개를 열고 온천수를 골수 깊숙이 빨아들인다. 내설악 마운틴 뷰를 보며 위장병과 피부, 숙취 해소에 좋다는 게르마늄 온천수를 즐길 수 있는 노천탕이 얼마나 있을까. 진피 조직까지 깊숙이 침투한 피로가 온천수를 만나 뿌리까지 뽑혀 나간다. 털어내기 힘든 봄 송홧가루, 가끔 머리카락을 툭툭 치면 나오는 작은 애벌레 친구들까지 세상과 하직하는 순간이다.

'선 고생 후 목욕'의 묘미를 처음 안 것은 일본 규슈 도쿠노섬 캠핑장으로 향하는 배 안에서였다. 동그란 창으로 바다 전망을 보며 목욕을 할 수 있는 그곳에서 우린 바가지로 물을 끼얹으며 움직이는 해상 목욕탕이라는 신세계를 마음껏 탐닉했다. 목욕을 마친 후 자판기에서 뽑아 마신 아사히 맥주 맛이야 말해 무엇하리.

그러나 이전에 머물렀던 섬의 캠핑장 물이 단수돼 고생을 하지 않았다면 과연 그 목욕이 그처럼 고맙고 쾌적하게 느껴졌을까. 관리인이 일찍 퇴근한 탓에 샤워실에 물이 나오지 않자 우리는 1.5리터 생수병에 물을 채워 개수대 뒤에서 차례대로 샤워를 해야 했다. 개수대에서의 자연인 샤워가 '비교체험 극과 극' 스타일로 탕 목욕의 쾌감을 배가시켜 준 것이다. 행복은 생고생한 내 몸 하나 잠길 탕 한 칸과 시원한 맥주만으로도 쉽사리 채워졌다.

목욕이 좋다는 데에는 과학적인 근거도 있다. 체온이 1도 상승하면 면역력은 5배 증가하고, 부교감 신경을 자극해 스트레스 호르몬을 낮춰준다는 연구가 있다. 목욕은 한뎃잠의 피로뿐 아니라 캠핑장에서의 야식과 술로 인한 부종을 제거해 주며 매트 위에서 자느라 긴장된 관절도 풀어주었다. 혈액순환도 잘 되어 집에 도착하는 순간 늘 독침을 맞은 것처럼 침대로 직행했던 이유가 이 때문이었던가.

평범한 동네 목욕탕도 캠핑을 하고 나서 가면 5성급 호텔 사우나가 된다. 경주 보문호에서 캠핑을 하고, 주변에 있는 온천 사우나를 찾았던 지난 주말도 이 '선 캠핑 후 목욕' 순례의 일부였다. 천장에서 떨어지는 온천수 물방울이 텐트를 설치하느라 뭉친 흉추와 장거리 운전으로 지친 어깨를 살살 달래주었다.

노천탕을 거쳐 소금 사우나와 황토 사우나, 미세한 안개비가 뿌려지는 습식 사우나를 차례차례 돌며 도장 깨기를 하고 나니 이 동네 아줌마들 중 실세가 누구인지, 이들 사이에서 가루처럼 빻이는 동네 빌런이 어떤 캐릭터인지, 예비 사위가 오는 날이라 매일 들르는 목욕탕을 빼 먹었다는 멤버가 누군지도 간파하게 된다.

"오늘 물이 와 이래(왜 이렇게) 적노! 물 좀 더 틀어달라 캐라!"

"니 들어가면 꽉 찬다."(웃음)

노천탕에 들어오는 두 아주머니의 대화를 듣고 웃음이 터져 버렸다.

무릎에서 사서 어깨는커녕 발목에 겨우 판 주식이 있든, 캠핑 개수대에 핸드폰이 침수되어 썸남의 연락처를 알 길이 없어졌든, 따뜻한 물에 몸을 담근 채 남 사는 이야길 듣다 보면 바깥의 심란한 일들은 몇 분지 일로 쪼그라들었다. 실오라기 하나 걸치지 않고 핸드폰도, 노트북도, 책도 없는 탕에서 듣는 여러 사람의 사는 사연은 내 불행을 세신사의 손길에 벗겨지는 때처럼 깔끔하게 밀어버린다. 공복에 커피를 마셔 혈당 체크에 실패했다는 박 할머니와 미용실을 바꿨더니 인중에 난 수염을 자꾸 성기게 밀어준다는 김 아줌마의 지청구 같은, 아무럴 것 없는 그 평범한 사연이 이상하게도 마음을 진정시켜 준다고나 할까.

동네 사랑방이자 심리 상담 센터이자 물리 치료실 같은 그 장소에서 그녀들이 서로의 낡고 상한 일상을 담담히 챙기는 모습을 보다 보면 내 신산한 삶도 다시 살 만한 것이 됐다. 목욕탕에서 나와 바나나 우유 하나를 다 마셨더니 물속에서 쪼그라든 손가락이 서서히 다시 부풀어 오른다.

역시 인생사 온천지마였다.

가끔은
지붕 있는 곳에서도 잡니다

feat. 충남 천안 부싯돌 캠핑장

영하 13도에 난방 도구도 없이 밖에서 캠핑하는 건 미친 짓이라는 결론을 내린 후, 화목난로가 있는 오두막 캠핑장으로 향했다. 캐빈 안에서 난로와 전기담요를 켜고 자는 호사를 내게 허락하기로 한 것이다. 입구에는 'The Biggest Little Camping Site in the World 세상에서 가장 큰 리틀 캠핑장'라는 팻말이 서 있다. 소녀 감성의 아기자기한 정원과 삼각형의 나무 오두막이 있는, '여성 전용, 한 사이트 당 최대 2인'이라는 룰이 있는 고요한 캠핑장이다. 누가 입실을 하고 언제 퇴실하는지도 모를 정도로 조용하다. 캐빈(오두막)을 예약하면 웰컴 드링크와 조식, 장작 한 망을 제공하는데, 유명 캠핑 유튜버들이 '내돈내산'으로 이곳을 찾는 가장 큰 이유는 아마도 이 박공지붕(두 널빤지가 여덟 팔八 자로 기대선 삼각형 모양의 지붕) 캐빈 때문이리라.

"캠핑은 하고 싶은데 아직 겁난다는 분들이 많이 오세요."

미술 관련 일을 했다는 사장님은 퇴직 후 귀농을 했다가 너무 심심해서 캠핑장을 열었다고 했다. 과연 그는 우리 일행과 대화를 하면서도 뺄 것 하나 없는 정제된 움직임으로 커피를 볶고 벽의 그림을 바로 걸었으며 벗겨진 의자 틈을 칠했다. 덕분에 나는 그가 아들이 보내준 유럽의 캐빈 사진들을 참고해 이곳 오두막의 아이디어를 얻었다는 사실도, 목수들 공임비가 얼마나 비싼지도, 나무판 아래 배수구를 만들기가 얼마나 어려운지도 잘 알게 되었다.

침낭을 펼 오두막으로 향해 본다. 텐트만 없을 뿐 조리도구 등 다른 캠핑 도구는 모두 지참해야 하는 걸 보면, '오두막 캠핑'이라 할 수 있겠다. 창 유리에는 결정 모양이 다 보일 만큼 큼지막한 눈송이가 달라붙어 있었고, 실내에는 옆은 모닥불 냄새가 남아 있었다. 재봉틀로 천 조각을 패치 워크 한 커튼, 대들보에 연통을 단단히 고정해 둔 철제 이음 선에서 손끝이 꼼꼼한 누군가의 성실함이 채웠을 시간이 보였다.

나는 대도시로 나갔던 딸이 수십 년 만에 고향 집으로 돌아와 먼지를 터는 것처럼 화목 난로에 잔가지를 넣고 불을 붙였다. 고작 나무를 쪼개 불을 붙였을 뿐인데 자기 효능감까지 올라가는 것은 캠핑이 지닌 순기능 중 하나일 것이다.

눈 내리는 오두막이 주는 서정성은 와인과 만나자 더욱 짙어졌다. 비록 통유리를 통해 바라보는 풍경이 프랑스 어딘가의 와이너리가 아니라 쓰러져가는 빈집 소 외양간이었을지라도 말이다. 공교롭게도 오늘 마실 와인에도 소 그림이 그려져 있다. 특유의 코뿔소 그림으로 유명한 라 스피네따의 일 네로 디 카사노바(13.5%, 750㎖). 누군가의 블로그에서 라 스피네따를 '근본 있는 와이너리'라고 써둔 게 생각나 마트에서 잽싸게 집어 들었다.

와인으로 목을 축인 뒤 난로에 고기를 올린다. 난방-불멍-요리, 1타 3피가 가능한 화목난로가 자신의 숙명이라는 듯 스테이크가 놓인 팬을 받아 안는다. 흰 허벅지를 드러낸 대파가 그 옆에 가지런히 누워 석쇠 모양으로 태닝을 하고 나면 이제 스테이크의 소울메이트, 아스파라거스를 구울 차례. 여기에 클라이맥스를 장식할 오늘의 마지막 메뉴는 귤 구이다. 화목난로 위에서 껍질째 달궈진 귤에서 오렌지 주스 향이 나면 꺼낼 때가 된 것. 반쯤 익은 채 말랑말랑해진 귤은 껍질을 훌훌 잘 벗어 던졌다. 그 달콤하고 새콤한 맛을 생각하면 글을 쓰는 지금도 귀밑 침샘이 달아오른다.

다음 날 아침 눈을 떠보니 눈이 비로 바뀌어 있다. 텐트 위를 구르는 빗방울 소리도 좋지만 가끔은 지붕 아래에서 비를 보는 것도 좋다. 비 때문인지 실내 공기가 쌀쌀해졌다. 어제 토치로 능숙하게 불을 붙이는 나를 선망하는 눈빛으로 바라보던 후배 B가 말했다.

"선배, 오늘 불은 제가 피워 볼게요."

아무것도 없이 황량한 중앙아시아의 고원과 북유럽 시골에서 마른 가지를 모아 라이터로 불을 만들어 캠핑을 하던 B가 모든 시설이 잘 갖춰진 한국의 캠핑장에서, 라이터보다 훨씬 큰 화력을 지닌 토치를 수줍게 집어 들었다. 그러나 장작은 흰 연기만 토해낼 뿐 좀처럼 불이 붙지 않는다. "잔가지와 장작을 서로 붙여주고, 여러 군데 불을 놓으라"는 내 팁을 받아들인 결과, 그녀는 5분 만에 파이어 마스터가 되었다. 물론 그 뒤로 "선배! 내가 붙인 불 너무 예쁘지 않아요?"라는 말을 아흔아홉 번 들어야 했지만.

캠핑장에서 제공되는 조식을 먹으러 캐빈을 나왔다. 버터에 구운 빵과 소시지, 계란 프라이와 사과 두 쪽, 체리, 귤 샐러드 그리고 갓 내린 커피. 조식은 캠핑장 사모님의 솜씨였다. 그녀가 부엌에서 부산하게 움직이고 있음은 소리로만 알아챘다. 그제야 나는 오두막 안의 커튼을 누가 꼼꼼히 바느질했는지, 원목 개수대에 각종 양념과 조리도구를 누가 정연하게 정리해 둔 건지 알게 됐다. 캠핑장을 나올 때까지도 나는 그녀를 마주하지 못했다. 하지만 이미 만나본 듯 그녀의 성정을 느꼈다고 할까. 이곳을 찾는 이들에게 필요한 것이 무엇인지를 충분히 고민한 것이 느껴지는 세심한 손길.

창밖으로 카페테라스 간판에 적힌 라틴어 글씨가 눈에 띈다. 'Tempus Fugit, Amor Manet시간이 흘러도 사랑은 남는다'. 어머, 사장님 마음속에 소년이 사나 봐. 그러나 속세에 찌든 도시인 둘의 대화는 금방 세속적인 것으로 넘어간다. 계곡 건너편 저 빈집은 얼말까, 평당 50만 원은 할 거다, 누가 시

57

골 빈집을 고쳐서 카페를 만들었는데 대박 났대요, 어차피 넌 운전면허 없어서 여기 오지도 못한다…… 만담의 대가 장소팔과 고춘자처럼 서로 주거니 받거니 하다 보니 나와 B 의 접시엔 어느덧 아무것도 남아 있지 않았다.

좋아, 사랑 대신 포만감은 남았군. 멋진 식사였어.

배낭을 꾸려 캠핑장을 빠져나온다. 작지만 큰 캠핑장에 서 목도한 소년의 사랑과 화목난로의 따스함, 시골 부동산 과 포만감 사이를 생각하면서.

흑맥주와
벚꽃엔딩

feat. 경기 여주 캠핑주막

   '주막'이라는 말에 무턱대고 홀려버렸기 때문일 수도 있다. 여주는 강원도와 가깝지만 행정구역은 경기권. 심리적 거리는 멀지만 물리적 거리는 만만했다. 여기에 '캠핑'과 '주막'이라는 아름다운 단어의 혼종이라니. 게다가 이곳은 벚꽃이 예쁜 캠핑장으로 유명했다. 이 비가 그치고 나면 벚꽃잎은 다 지겠지. 빗방울이 떨어지기 시작했고 시간이 지나며 제법 굵어졌지만, 난 꾹꾹이 하는 고양이처럼 배낭에 침낭을 고집스레 집어넣었다. 다음 날 출근을 해야 하는 퇴근

박. 비 온다고? 그럼, 막걸리 챙겨가지 뭐!

　여주 캠핑장에서 마주한 벚꽃은 빗줄기를 당당하게 버
텨내고 있었다. 빗방울을 머금은 벚꽃잎은 한층 더 처연한
빛이었다. '나 예쁜 것 나도 알고 있어!'라고 얘기하는 듯한
서산 개심사의 겹벚꽃이 웨딩드레스를 입은 신부 같은 빈틈
없는 화사함을 자랑한다면, 여주시 북내면의 이 벚꽃은 절
정이 살짝 지난, 수수한 양장 드레스로 몸을 여민 듯한 원숙
한 여인의 아름다움을 지니고 있었다. 자신의 자리를 내어
줄 준비를 하고 있지만, 비바람에도 쉬이 떨어지지는 않는
그런 단단한 아름다움.

　피칭을 마친 뒤 벚꽃 텐풍 사진을 찍고, 주막이 문을 닫는
아홉 시 직전 가까스로 세이프한 나는 시나몬 가루를 뿌린
코젤다크(3.8%, 500㎖) 맥주를 받아 들었다. 거품이 사라질 새
라 종종걸음으로 도착한 텐트 앞에서 맥주를 한 모금 깊게
들이켜니 퇴근길 빗길 운전의 피곤함이 눈 녹듯 사라졌다.
흑맥주 특유의 깊고 쌉싸름한 맛이 부드러운 거품을 뚫고
입에 닿고 나면, 뒤이어 달콤한 시나몬 향이 코의 점막을 자
극한다. 피칭을 마치고 나서 마시는 맥주의 맛은 전쟁도 멈

출 수 있을 것만 같다.

벚꽃 비가 내리는 이런 밤에는 아무 술이나 마실 수는 없는 법. 달콤쌉싸름한 코젤다크에 이어 오늘의 날씨를 닮은 봄비(9%, 750㎖) 막걸리를 땄다. 한라봉과 감귤껍질이 들어간 청량한 시트러스 맛 봄비 막걸리에 이어 무려 '목련 바닐라 크래프트 막걸리'라는 설명이 붙은 봄은고양이로다(12%, 750㎖)도 땄다. 부드러운 쌀의 단맛이 목련의 묵직한 향, 바닐라빈의 달콤한 맛과 어우러져서 빈속을 코팅해 준다. 불현듯 이장희 시인이 1923년에 쓴 시「봄은 고양이로다」가 떠오른다.

"꽃가루와 같이 부드러운 고양이의 털에 / 고운 봄의 향기가 어리우도다 / 금방울과 같이 호동그란 고양이의 눈에 / 미친 봄의 불길이 흐르도다"

적당한 크기로 자른 파와 닭고기, 떡 삼형제를 데리야키 소스에 담근 뒤 불맛을 입힌다. 텐트 앞에서 직관하는 벚꽃 비는 닭꼬치로 시작, 장어구이와 뜨뜻한 어묵탕을 거쳐 양갈비까지 쭉 내달리게 만들었다. 조명이 모두 꺼지자 흰 벚꽃

만이 달빛을 받아 하얗게 빛난다. 벚꽃을 바라보며 벚멍을 한 것도 잠깐. 이 봄밤을 벚꽃과 함께 조금 더 깨어 있겠다고 마음먹었지만, 빗소리 ASMR에 눈이 스르륵 감겨 버린다.

아침이 되자 비에 떨어진 벚꽃잎들이 텐트 위에 마지막 인사를 뿌려놓았다. 갈라진 벚꽃 이파리가 손을 벌려 '이젠 안녕~'이라고 외치는 것 같다. 캠핑은 짧은 봄밤을 슬로비디오처럼 늘려 놓곤 야금야금 꺼내 먹기 좋게 잘 캡처해 준다. 장비를 펴 말리다 보면 이파리들이 구석구석 책갈피처럼 들어가 있다. 캠핑 자체가 계절을 잘 스크랩해 두는 책이 된다고 할까.

내게 봄은 매번 쓸데없는 불안감이 커지는 시기였다. 해가 바뀌는 추운 겨울보다 봄에 나는 오히려 좋은 시절이 끝나버렸음을 더 크게 느끼곤 했다. 꽃이 지면 더 그랬다. 꽃이 지는 나무 그늘 속을 자신이 빛날 기회가 지나가 버린 걸 아는 이의 발걸음으로 걷곤 했다. 나 빼고 모두 행복해 보이는 날씨에 볕 좋은 공원에 쓸쓸하게 앉아 있는 느낌으로 멍하니 서 있기도 했다. 그러나 물방울과 함께 텐트에 붙어 있던 벚꽃 이파리는 그런 감정을 연분홍 크레파스로 지워버렸다. 벚꽃의 낙화가 쓸쓸하지 않은 이유는 자신이 가야 할 때를 알고 퇴장했기 때문이다. 결코 질척대거나 불안해하는 법 없이 산뜻하게, 그리고 화사하게.

출근길에 김윤아의 노래 〈봄날은 간다〉가 흘러나온다.

'사람도 피고 지는 꽃처럼 아름다워서 슬프기 때문일 거야~'.

꽃이 졌다고 한탄할 필요는 없다. 봄이라는 계절은 흑맥주 거품처럼 빠르게 사라지지만, 짧은 그만큼 황홀하니까. 김윤아의 가사처럼 어떤 것들은 너무 아름다워서 가끔 슬프게 느껴진다. 봄은고양이로다를 마실 때 마법처럼 나타나 몸을 비비고 간 고양이의 등에도, 조금 모자란 품으로도 화사하게 밤을 안아주던 벚꽃잎 위에도 봄은 있었다.

꽃은 져도 아름다움은 남는다.

내 인생의 노지에
싹을 틔우는 일

캠핑은 핑계고

내 삶에도 삼재라고 부를 만한 시간이 있었다. 10년 사귄 연인과 헤어진 지 1년도 되지 않아 그의 SNS에서 결혼식과 유모차 사진을 발견했고, 회사에서는 인간관계에 상처를 받아 정신과 약까지 먹는 한편, 아버지가 쓰러지는 세 가지 일이 폭탄처럼 한꺼번에 닥쳤다. 새벽까지 잠들지 못하고 아침에 눈을 뜨면 가슴이 두근대는 날이 반복됐다. 가슴이 아프다는 생각은 물리적인 흉통으로까지 이어졌는데, 당시의 나는 아무리 까치발을 들어도 숨 쉴 수 없는 물 속에서 서

서히 익사 당하는 느낌이었다.

　생각해 보면 그 당시 나는 죽음이라는 것과 멀리 있지 않았던 것 같다. 정신을 놓고 다니는 통에 일주일 동안 타이어 펑크가 난 줄도 모른 채 새벽 라디오 방송이 있는 상암까지 왕복 50킬로미터를 운전하는가 하면, 집 앞에서는 누군가 투신했다는 피 웅덩이를 마주했으며, 다음 날엔 지인의 갑작스러운 죽음으로 장례식에 가는 식이었다. 살고 죽는 것이 화투 한 끗 차이라는 걸 조금은 알게 됐다고나 할까.

　그때 내게 다가온 것이 캠핑이었다. 당시 나가던 여행 모임의 지류 하나가 캠핑이었고, 그즈음 카누 동호회의 동생도 내게 캠핑을 권해 왔다. 배낭을 메고 뚜벅뚜벅 걸어가 자연 속에 묻히면 날 괴롭히는 인간사도, 죽음에 대한 생각도 사라질 듯했다.

　돗자리를 우산 삼아 갑자기 쏟아진 소나기를 피했던 야외 재즈 페스티벌이 어쩌면 그 시작이었을까. 킬킬대며 나눠 마시던 우중 와인이 왜 그리 맛있던지……. 그때 생각했다. 히피들처럼 진흙탕에서 먹고 자며 보헤미안처럼 떠돌아다녀 보고 싶다고.

캠핑은 남 신경 쓰지 않고 내 한 몸 편할 자유를 알려주었다. 게다가 내 빈약한 통장 잔고를 신경 쓰지 않아도 됐다. 캠핑은 초기 장비 세팅이 끝나면 거의 비용이 들지 않았으니까.

그렇게 난 대마도와 울릉도, 일본의 무인도까지 캠핑 로드를 떠나게 된다. 지금 생각해 보면 우주의 모든 기운이 그때의 내게 캠핑이라는 모험을 여러 인편으로 전달해 준 게 아닌가 싶다. 내가 모르고 있을 때도, 나를 향해 계속 다가오고 있었던 사람을 결국 만나게 되는 것처럼.

첫 글램핑, 첫 오토캠핑, 첫 백패킹이 짧은 기간 밀도 있게 이어졌다. 배낭을 메고 숲길을 걷고, 밥을 짓고, 불을 붙이고 잠자리를 꾸리는 단순한 생활이었지만, 몸은 그 어느 때보다 바빴다. 그러다 보니 어느 순간 가슴 통증은 사라져 있었다. 갱년기 주부처럼 급작스럽게 끓어오르던 열감과 가슴 두근거림도, 진드기처럼 나를 괴롭혀온 불안 장애도 1년 여 만에 벗어날 수 있었다. 고된 캠핑은 쉬이 나를 잠들게 해 줬다.

사진 클라우드에서 '캠핑'을 검색하자 2,000장에 달하는 사진들이 떴다. 물론 모든 캠핑이 전부 만족스러운 건 아니었다. 급브레이크를 밟는다 해도 절대 쏠릴 일이 없을 만큼 뒷좌석을 장비로 꽉 채우고 운전할 때는 이렇게까지 캠핑을 가야 하나 싶은 생각도 들었고, 불멍과 음악과 술, 그리고 별이 알알이 박힌 밤하늘을 눈앞에 두고도 기사를 마감해야 할 때도 있었다. 여름 캠핑에 지쳐갈 때는 모래 해변 위에 미키마우스를 그려 놓고, 저작권에 진심인 디즈니가 우릴 찾아내길 기도했다. 하지만 캠핑은 그런 번거로움이 절대로 단점이 되지 않았다. 그 대신 그 상황 속에서만 보이는 내 인간적인 한계를 가슴 열어 받아들이게 만들었다.

대구에 사시는 부모님은 내게 말한다.

"한강 물 이제 마이 마셨나?"

상경 당시 "내 인생은 도쿄에서 시작될 거야!"라고 외쳤던 만화책 『도쿄 걸즈 브라보』의 주인공처럼 한강 물을 집어삼키겠다고 내가 공공연히 말했기 때문이다. 여전히 한강대교의 야경을 보면 가슴이 뛸 정도로 도시를 사랑하지만 거기서 생존하느라 정작 내가 뭘 좋아하는지, 어떤 걸 싫어하는지, 어떤 것에 에너지를 쏟고 싶은지 잃어버리는 순간들도 그만큼 늘어났다.

"그렇게 바쁘게 산다고 문제가 해결이 돼?"

"가장 중요한 일을 외면하고 그때그때 열심히 사는 척 고민을 얼버무리고 있는 것 말이야."

"긴 겨울을 뚫고 봄의 작은 정령들이 올라오는 그때까지 있으면 해답을 찾을 수 있을까."

임순례 감독의 〈리틀 포레스트〉 속 대사는 내게 하는 말 같았다. 무언가를 끊임없이 하고 있으면서도 '지금 이러고 있으면 안 되는데, 다른 일을 또 해야 하는데' 하는 불안한 마음을, 자연 속에서 아무것도 하지 않는 캠핑은 문진처럼 지긋이 눌러주었다. 부술 줄만 알지 자기만의 어떤 것도 만들어내지 못하는 사람들이 쏟아내는 악담에 신경 쓰느라 내 정원에 어떤 일이 일어나는지 몰랐다는 것을 캠핑을 하며 깨달았다.

캠핑을 시작하고 나서부터 자잘한 행복을 더 자주 발견한다. 그것은 텐트를 피칭한 후 마시는 맥주 한 캔일 수도 있고, 타닥타닥 타는 소리를 들으며 마시는 술 한잔과 상대의 이마까지 훤히 비추는 달을 마주하는 순간일 수도 있다. 캠핑을 하다 보면 '아, 좋다', '행복해'라는 말이 전두엽을 거치지 않고 입으로 바로 나온다. 내 속엔 이젠 남의 시선을 신경 쓰지 않고, 좋은 걸 좋다고 말할 수 있는 마음이 크게 자리 잡기 시작했다. 무엇보다 캠핑을 다니면서부터는 월요일이 더 이상 두렵지 않았다.

여전히 좌충우돌 캠핑 라이프를 살고 있는 나. 내 인생의 노지에도 〈리틀 포레스트〉에서 처럼 작은 돼지 정령들이 나와 부지런히 아주심기 할 수 있는 싹을 틔워 올려주었으면 좋겠다. 그래서 난 오늘도 해변에서 맨몸으로 비박을 하고 해발 800미터 산 정상으로 백패킹을 가며, 아무것도 하지 않는 무해한 시간을 가져 본다.

"혜원이가 힘들 때마다 이곳의 흙냄새와 바람과 햇볕을 기억한다면 언제든 다시 털고 일어날 수 있을 거라는 걸 엄마는 믿어." (〈리틀 포레스트〉 엄마의 편지 中)

2장

인생엔
마이크로 모험이
필요하지

불빵이면 어떻고
불멍이면 어떠하리

feat. 경기 여주 해여림빌리지 캠핑장

—언니, 혹시 오늘 퇴근박 갈래요?

A에게서 카톡이 왔다. '퇴근박'이란 아침 출근길에 캠핑 준비를 해서 퇴근 후 바로 가는 캠핑을 말한다. 다음날 출근을 포함한 '퇴출박'이라는 확장형도 있다.

—(잠시 침묵 후) 왜? 오늘 뭔 일 있어? 갑자기 급발진임? (나)
—아, 진짜 회사 빌런 때문에. 캠핑이라도 가서 스트레스 풀어

야겠어. (A)

살짝 귀찮았지만, 소개팅에 망한 내가 급 캠핑을 가자고
했을 때 녀석이 아무 말 없이 따라와 준 기억이 스멀스멀 올
라온다.

—오케이! 가자! (나)

그렇게 우린 여주의 어느 캠핑장을 찾았다. 일단 급박한
공복부터 해결해야지. 호리호리한 몸매의 A는 혼자서 굴 한
박스, 고기 한 팩, 회 한 접시에 라면까지 먹어 치우는 괴력의
위장을 지닌 데다, 그 첫 한 점과 마지막 한 점까지 먹는 속도와
리액션이 일정하다는 점에서 가공할 소화력까지 자랑한다.

세계 3대 맥주 대회에서 무려 1등을 했다는 미미사워(6%,
330㎖) 맥주와 페리카나 치킨으로 시작한 술 먹방은 청주와
소주를 거쳐 드디어 연태 고량주(34%, 500㎖)와 맥주를 섞는
'연맥'의 단계에 다다른다.

A가 주장하는 연맥의 비율은 고량주 1대 맥주 9. 고량주
가 살짝 스치고 지나갔으나 맥주의 부드러운 맛이 고량주의

높은 도수를 감싸 안는 비율이다. 하지만 그때까지도 우린 몰랐다. 파인애플 향의 이 연맥이 앉은뱅이 술이라는 것을.

화목난로에 쥐포를 구워 고량주 한 병을 연맥으로 비워 버린 우리는 슬슬 서로에 대한 리액션이 줄어들기 시작했다. 급기야 목이 꺾이고 만A.

"야! 니 침낭에서 자!"

머리카락을 눈·코·입 위에 모자반처럼 사선으로 걸친 채 내 침낭에서 잠든 그녀에겐 이미 생체신호가 없다. 나도 자야지. 어쩔 수 없이 그녀의 침낭 속으로 몸을 구겨 넣을 때, 풀썩! 깃털이 날리는 걸 본 것도 같다. 아니 얘는 이렇게 털이 삐져나오는데 침낭 좀 바꾸지. 입으로 들어오는 털의 양이 심상치 않음에도 불구하고, 퉤퉤 뱉어내며 잠을 청한 것은 분명 34도짜리 연맥 때문이리라.

다음 날 아침, 나를 잠에서 깨운 것은 후후! 계속 불어내도 중공군처럼 끊임없이 입과 눈으로 밀고 들어오는 침낭 깃털이었다. 정신을 차려 보니 텐트 안은 흡사 닭싸움이 벌어진 닭장이었다. 내가 움직일 때마다 깃털들은 〈웰컴투 동막골〉의 팝콘처럼 공중에 흩날렸다. 그때 A의 눈물을 얼핏

본 듯도 하다. 닭 잡는 사냥꾼의 아내처럼 머리부터 발끝까지 털로 뒤덮인 채 퉤퉤! 계속 털을 뱉어내는 날 보며 소리도 안 내고 끅끅대며 웃느라 눈물 흘리는 A를.

몸을 움직일 때마다 한 움큼씩 거위 털이 빠져나가는 통에 〈주토피아〉의 나무늘보처럼 슬로 모션으로 몸을 일으켰다. 정신을 차려 보니 텐트 안에는 거위 털이 늦봄의 여의도 벚꽃잎처럼 아름답게 쌓여 있었다. 그제서야 우린 사태를 파악했다. A가 혼자 자던 티피텐트 안에 내가 들어가며 가뜩이나 자리도 좁아진 데다, 술을 마신 내가 뒤척이며 그녀의 침낭 여기저기를 화목난로에 솜씨 좋게 구워버린 것. 침낭은 전날 우리가 난로에 구워대던 쥐포처럼 조직적으로 구워진 채, 밤새 생긴 많은 구멍을 통해 성실하게 깃털을 게워내고 있었던 것이다.

"언니, 바닥에 털들 좀 모아서 좀 쑤셔 넣어 봐요."(A)

"야, 이거 다 모으면 닭 한 마리 나오겠는데? 덕 테이프 붙여서 일단 써볼까?"(나)

침낭 안에 쌓인 털들을 허겁지겁 모아 구멍 속으로 쑤셔 박아보지만, 거위 털들은 나풀거리며 자유의 단맛을 한창

만끽하는 중이었다. 우린 닭 장수 같은 서로의 몰골을 보며 배를 잡고 웃다가, 헉 소리 나오는 침낭 가격을 생각하며 울다가, 다시 털을 모으다가, 결국엔 망연자실했다. 차가운 발트해의 해풍과 긴 동절기를 견딘 동유럽 거위 깃털이 매트 위에 눈꽃처럼 흩뿌려져 있다. 영하 29도까지 견디는 필파워 850+의 구스다운 침낭이 경기도 여주의 한 캠핑장에서 장렬히 전사한 것이다.

'이제 그만 염을 해서 나를 땅속에 묻어 달라'며 온몸으로 오열하던 침낭이 풀썩거리며 배낭에 쑤셔 박힌다. A는 "언니 얼굴이 아니라 침낭에 구멍 난 게 어디야?"라며 날 안심시키려 애쓰지만, 가볍고 따뜻하며 절대(!) 털이 빠져나오지 않는다며 몇 번이나 침낭을 자랑했던 그녀를 기억하는 내게 그건 위로가 되지 않았다. 그렇게 깃털 시신을 수습한 우리는 각자의 회사로 향했고, 전사한 침낭은 김장 비닐에 담겨 수선 업체로 보내졌다.

퇴출박을 마치고 드디어 회사에 도착. 오피스 룩으로 가득 찬 엘리베이터 안에서 내게 박히는 따가운 시선이 느껴진다. 주범은 바로 내 몸에서 스멀스멀 올라오는 모닥불 탄

내. 빛의 속도로 샤워를 한 뒤 로커에서 오늘의 회사 옷을 꺼내 입고 책상에 앉았다. 어젠 분명히 연맥과 밤하늘, 불멍을 즐기고 있었는데 지금 여긴 어디? 나는 누구인가. 승계를 앞두고 M&A를 진두지휘하는 회장처럼 성실하게 키보드를 두드리고 있는 나는.

A에게서 침낭을 맡겼다는 카톡이 왔다.

— 언니, 나 아직 입에서 고량주 냄새가 나요. 이제 날씨 따뜻해지니까 화목난로 안 해도 돼! 다음 주에 또 캠핑 가요!

그래, 불빵이면 어떻고 불멍이면 어떠하리. 스트레스 따위 동막골 팝콘처럼 튀겨버리는 여유와 아무리 막으려고 해도 구멍으로 삐져나오는 깃털 같은 웃음과, 자신의 비싼 침낭을 구워 먹어도 낄낄 웃으며 다음 캠핑을 예약하는 파트너가 있는데.

모래 요정이 될 지라도
해변 캠핑을 포기할 순 없지

feat. 강원 양양 후진항 해변

핫한 서퍼들로 가득한 인구와 기사문, 하조대와 낙산 해변을 지나 당도한 양양 후진항. 그러나 해변 모래밭 한가운데 텐트를 치고 타프를 설치할 때까지만 해도 몰랐다. 우리 말고 다른 텐트들이 해변 중앙이 아닌, 송림이 있는 가장자리에만 드문드문 서 있는 이유를.

비가 오는 와중에 타프와 텐트까지 피칭을 마무리한 우리는 막 공사를 끝낸 인부들처럼 바다가 보이는 활어센터에서 노동주를 기울였다. 입에 달라붙는 달짝지근한 광어회와 멍게에 소주 한잔을 즐긴 뒤 단짠 매운탕까지 뚝딱하고 나오니 어느새 비는 그쳐 있다. 역시 피칭 후 노동주는 진리지. 전두엽까지 눅진하게 달라붙어 있던 피로가 멍게 몇 점과 매운탕 국물 한 모금에 달아났다.

적당히 취기가 오른 채로 오늘의 보금자리인 해변 텐트를 향해 걷는다. 내 노란색 엑스페드 폴라리스 안에 랜턴을 켜두고 온 참이다. 어두운 바닷가에서 빛나는 우리의 텐풍은 오늘도 아름답다. 내향인들의 잠재력을 탐구한 『콰이어트』의 저자 수잔 케인은 "삶의 비결은 적절한 조명이 비치는 곳으로 가는 것이다. 누군가에게는 브로드웨이의 스포트라이트가, 누군가에게는 등불을 켠 책상이 그런 장소일 것이다"라고 말했다. INFP, 극 내향인인 내게 인생의 적절한 조명은 캠핑 랜턴을 켜 둔 밤의 텐풍 앞이다. 불이 켜진 색색깔의 텐트는 어둠 속을 둥둥 떠다니며 나를 좋은 인생으로 안내해 줄 것만 같다.

빛나는 텐풍 사진을 찍고 잠을 청한 지 몇 시간여. 휘이이잉~ 철썩철썩~ 뺨을 쳐대는 텐트 자락의 움직임이 심상치 않아 새벽녘에 눈을 떴다. 뭐야, 헬기 왔어? 눈을 떠보니 나무나 바위 같은 엄폐물이라고는 하나도 없는 생 모래사장에서 내 엑스페드 폴라리스 텐트가 레슬링 현직 국가대표에 맞서 뒤집어지지 않으려는 동호회 챔피언처럼 바짝 엎드려 안간힘을 쓰고 있었다.

폭풍우가 몰아치는 파타고니아와 히말라야의 추운 날씨 속에서 개발하고 테스트했다는 텐트가 '싱글 월 자립형 탐험 텐트'라는 게 지금 얼마나 다행인지 모르겠다. '이제 날 좀 죽여줘' 하는 느낌으로 거의 공중에 뜬 채 잔뜩 휘어진 폴대를 압박하고 있긴 했지만 말이다. 실시간 날씨 앱을 켜 보니 헐, 강풍주의보라니. 아, 가이 라인을 네 방향으로 쳐둘걸.

팩이라도 박아두지 않았다면 난 이미 멍석말이하듯 텐트에 말려 해변으로 데굴데굴 굴러갔을 것이다. 텐트의 터널형 벤틸레이션(환기창)으로 바깥 상황을 살폈다. 모래바람이 비와 섞여 몰아치고 있었다. 주변의 텐트들은 온데간데없이 사라지고 없다. 텐트 문을 열었다가는 모래 폭풍이 텐트 안을 점령할 것 같다. 텐트를 걷을 수도, 바깥으로 나갈 수도, 지퍼를 열 수도 없는 상황.

텐트 안에 같이 누워 있던 A를 쳐다봤다. 『오즈의 마법

사』에 나오는 도로시의 집처럼 텐트가 날아가게 생겼는데, A는 엄마 젖을 먹고 잠든 아기처럼 미동도 없이 쌕쌕 잘도 잔다. 피트 향이 강해 좀처럼 마시지 않는 탈리스커(45.8%, 700㎖) 위스키를 한 잔 마시고 다시 누워 본다. 나도 한번 견뎌 보자.

자리에 누웠지만 바람에 잔뜩 부푼 텐트 스킨이 '날씨 확인했니, 안 했니?' 하고 혼내듯 내 뺨을 철썩철썩 갈겼다. 텐트 폴은 팽팽하게 휘어진 활시위처럼 잔뜩 구부러진 채 바람에 맞서며 자신의 척추에 끼워진 스킨을 사수하고 있다. 양 한 마리, 양 두 마리, 양 세 마리…… 그러나 바람 소리 때문에 채 스무 마리도 세기 전에 다시 눈을 뜨게 된다. 바람 소리가 심해질 때마다 미어캣처럼 벌떡 일어나 결로 방지 숨구멍으로 바깥을 내다본다.

모래 폭풍의 밤을 뜬눈으로 지새우며 보초를 서다 보니 어느새 아침이 다 됐다. 다크서클이 무릎까지 내려올 정도로 피곤했지만 다행히 우리 텐트는 날아가지 않았다. 지퍼를 열어본다. 텐트 앞, 모래로 꽉꽉 채워진 운동화가 '왜 이제서야 나와' 하는 듯 입에 모래를 가득 문 채 날 쳐다보고 있다. 밖으로 나와 보니 테이블은 모래톱에 파묻혀 다리 두 개만 겨우 보였고, 먹다 만 피자 박스와 술병들은 형체도 없이 모래 속으로 사라져 버렸다.

바람이 채 가시지 않은 해변에 우리 텐트만이 노란 무인도처럼 떠 있다. 마치 모래가 살아 움직이는 화성에 온 느낌이다. 맷 데이먼이 영화 〈마션〉을 찍었던 요르단의 와디럼 사막이 이런 모습일까. 후진항의 모래 해변은 용들이 배 밀이 한 것 같은 거대한 대지 미술 작품이 되어 있었다. 구부러지는 S자 곡선 위로 아직 사라지지 않은 잔바람이 모래 안개를 만들며 휘몰아치고 있었고, 아침 햇살이 비치는 해안에는 밤새 분 바람을 기억도 못 하는 듯 윤슬이 반짝였다. 그러나 그런 평화도 잠시, 딱 5분 뒤 비바람을 동반한 강풍이 다시 불기 시작됐다. 아이를 어린이집에 보내 놓고 커피를 마시려는 찰나 다시 전쟁 같은 육아로 돌아가는 것처럼.

해변 모래 캠핑이 선사하는 선물(!)은 여러 가지가 있지만, 가장 큰 선물은 '장비에서 끝없이 나오는 모래로 영원히 고통받는다'는 것이다. 해변 캠핑을 한 번 하고 난 뒤에는 장비에서 모래가 십 년 동안 나온다고 할 정도다. 그러나 A와 나는 늘 그랬듯이 장비를 대충 털고 차에 집어넣는다. 차도 모래 천지가 되겠지만 뭐 어때. 침낭을 배낭에 집어넣으며 모닝 꾹꾹이를 해본다. 쿡쿡 웃음이 나온다. 바람이 먹구름을 몰아낸 건지, 전날 내린 비 때문인지 빛나는 하늘과 구름은 밤 사이 다른 행성에 떨어진 것 같은 느낌을 선사했다.

양양 후진항 캠핑은 세 가지 가르침을 남겼다. 기상은 시시각각 바뀔 수 있다는 것, 바람 부는 해변에선 네 방향으로 가이라인을 박아야 한다는 것, 그렇지만 폭풍이 지나간 아침은 눈부시게 아름답다는 것. 그렇게 두피까지 모래로 가득 찬 모래 요정 둘은 눈부신 바다 풍경을 보며 집으로 향했다. 모래는 유한하지만 인생은 무한하다. 자, 오늘은 어떤 해변으로 향해 볼까.

인생의 소화기 같은
냄비 뚜껑 하나쯤은

feat. 경기 가평 자라섬 캠핑장

'국내 최고의 아웃도어 캠핑 성지에서의 잊지 못할 하룻밤.'

파란 불 동시 신호에도 가슴이 뛸 정도로 운전 초보였던 내가 지인 여럿을 태우고 가평 자라섬까지 떠나게 만든 한 줄의 카피였다. '캠핑'과 '뮤직 페스티벌'의 꿀조합. 공연을 보다가 취하면 바로 텐트에 몸을 넣으면 되는 간편함이라니. 빠르게 예약 버튼을 누른 나는 좌초가 예정되어 있으나 살아 돌아올 방도는 확실한 선장이 된 기분으로 차에 짐을 실었다. 당시 캠핑용품이라고는 누군가에게 빌린 고장 난 버너와 코펠이 전부였던 나는, 다이소에서 네 귀퉁이 밖으로 한쪽 엉덩이가 삐져나올 것이 분명한 낚시 의자와 우중 캠핑을 대비한 목욕탕 의자를 두 개씩 샀다. 그렇게 초보 선장과 선원들은 매년 재즈 페스티벌이 열리는 오토캠핑의 성지 가평 자라섬으로 항해를 떠난다.

오토 캠핑장과 캐러밴 사이트를 지나니 우리가 예약한 자율 캠핑 사이트가 나온다. 초보자도 쉽게 이용할 수 있도록 텐트가 미리 설치돼 있었다. 부스에서 매트와 침낭 등을 전달받고 별 모양 조명으로 텐트를 장식한 후 바람개비까지 달고 나니 제법 감성 캠퍼 같아졌다.

그제야 운전하느라 긴장감에 가려져 있던 배고픔이 성난 메뚜기떼처럼 우릴 덮쳐 왔다. 누가 봐도 캠알못처럼 보이는 장비들을 사이트에 어정쩡하게 세팅해 둔 채 삼겹살을 꺼내 든 나는 일단 버너를 연결해 보기로 한다. 그런데 아차, 스위치가 고장 난 버너에는 라이터가 따로 필요했다.

"저기, 불 좀 빌릴 수 있을까요?"

아직은 선장 입장인 나는 20년 차 흡연자처럼 옆 사이트에서 자연스럽게 라이터를 빌려왔다.

선원들 모두 캠핑은 처음인 데다, 선장인 나 역시 아웃도어 배냇저고리도 못 입은 캠핑 신생아였다. 버너라고는 휴대용 부탄가스만 써 본, 일명 '동글이'라 부르는 나사식 이소가스를 호스로 연결하는 버너는 처음이었다. 게다가 설명서는 일본어뿐. 사돈에 팔촌까지 여러 단톡방의 집단지성에 의지한 결과 겨우 이소가스와 호스를 연결할 수 있었다.

그러나 밸브를 너무 오래 열어둔 걸까. 라이터를 버너에 갖다 대자 파박! 하는 큰 소리를 내며 점화된 불은 스토브를 넘어 삼겹살이 누워 있는 프라이팬으로 빠르게 옮겨붙었다. 그러고는 삼겹살 기름을 발화점 삼아 겉잡을 틈 없이 주변 음식 재료로 번지기 시작해 중국집 웍 아래 불처럼 크게 타오르는 게 아닌가!

비명을 지르며 용수철처럼 튀어 오른 우리 셋의 머릿속으로 지난 30여 년 동안의 회한이 주마등처럼 스쳐 지나갔다. '지난 추석에 엄마 용돈 좀 더 드릴걸', '명품 백 언니 빌려줄걸', '소개팅한 Z에게 만나자고 말해볼 걸……'

"꺄악! 저거 어떻게 꺼?!"

"119 불러야 하는 거 아냐?"

"가스 터질 것 같아! 야, 가까이 가지 마!"

"산소 차단하려면 담요로 덮어야 하는 거 아니야?"

사색이 된 일행은 각자의 솔루션을 외쳤으나 몸은 다들 가스에서 멀찍이 떨어진 채 빽빽 소리만 지르고 있을 뿐이었다. 모두의 안전을 책임지는 선장이었던 나는 반사적으로 옆에 있던 냄비 뚜껑을 집어 들었다. 그리곤 호스를 든 소방관처럼 결연하게 불을 겨냥했다. 원반던지기 선수마냥 불을 향해 빠르게 뚜껑을 날리자, 포물선을 그리며 날아간 뚜껑은 양궁 한국 국가대표가 쏜 화살처럼 정확히 불 위에 안착했다. 그러자 악마의 불꽃처럼 넘실대던 불꽃도 사라졌다.

"야, 꺼졌어! 꺼졌어!"

다리에 힘이 풀린 우리 넷은 그만 목욕탕 의자에 주저앉고 말았다.

"놀러 왔다가 뉴스 나올 뻔했다."

밸브를 너무 오래 열어둔 건가, 아니면 가스가 샌 건가. 많은 사고들이 그렇듯이 '가스 냄새가 났다', '밸브가 이미 열려 있었다' 등 목격자들의 진술은 가지각색이었다. 사건의 원인은 의문투성이로 남았지만, 냄비 뚜껑의 뛰어난 진화력 덕에 사고는 무사히 진압됐다.

우선 차가운 맥주로 각자의 놀란 가슴을 진정시켰다. 뒤이어 용기 있게 화재를 제압한 Fire Fighter(나)에 대한 추앙과, '죽을 뻔하고 먹으니 더 맛있다'는 삼겹살의 기름진 때깔에 대한 칭송이 이어졌다. 자라보고 놀란 가슴 솥뚜껑 보고 놀란다지만, 우리의 놀란 가슴은 기습적으로 먹방 버튼을 눌러버렸다. 우리는 오늘만 사는 사람들처럼 엄청난 양의 음식들을 위장 속으로 밀어 넣으며, 사고의 기억이 올라오지 못하도록 꾸역꾸역 봉인했다.

지옥에서 살아 나온 각자의 배를 두드리고 있으니 불꽃놀이가 펼쳐진다. 지옥의 버너 불꽃과는 다른 아름다움이다. 무대 위로 '볼빨간 사춘기'가 나오자 우린 〈우주를 줄게〉를 떼창했고, 숲속 스테이지에서는 함께 젬베를 치며 외국 뮤지션과 위스키를 말아 마셨다. 에어 베드에 누워 꿀렁꿀렁 몸을 움직이다가 머리에 화관을 쓰고 레게 밴드의 공연을 보러 가기도 했다. 그리고는 "살아 있으니 텐트 안에서도 라이브를 듣고, 얼마나 좋냐"라며 킬킬대다 잠이 들었다.

생각해 보면 코펠 뚜껑 외에도 내 삶의 냄비 뚜껑들은 많았다. 잡지사 인턴 시절 나에 대한 클라이언트의 갑질로 광고가 날아간 뒤 맥주 캔을 든 채 동작대교 위를 하염없이 걷던 내게 다가와 "괜찮으십니까?"라며 말 걸어 준 초소 헌병, 당일 촬영 취소를 반복하며 똥개 훈련을 시키던 빌런 포토그래퍼 때문에 울며 전화한 내게 "야! 그 X놈의 X끼, 내가 죽여버릴까!"라며 쌍욕을 해준 기자 선배, 본인이 지닌 모든 심신의 질량을 꾹꾹 실어 내 눈을 바라보고 공감해 준 덕에 죽고 싶다는 생각에서 벗어나게 해준 친구 B.

인생을 살다 보면 누구나 한 번쯤 급하게 뚜껑을 던져 불을 꺼야 하는 다급한 순간이 오기 마련이다. 그때 내 옆에 내일이라면 불에라도 뛰어들 소방관 같은 가족이든, 우산 없이도 오는 비를 함께 맞아줄 친구든, 잘 찾아보면 인생의 소화기 같은 냄비 뚜껑 하나쯤은 있을 것이다. 자, 당신만의 냄비 뚜껑은 어디에 있을까.

자라섬캠핑장은 2024년 5월부터 운영되지 않으며 7월 중순부터 카라반 사이트만 운영된다.

세상에서 가장 작은 모험
카누 캠핑

feat. 강원 춘천 춘천호 하늘뜨락 캠핑장

—비가 많이 온다는데 괜찮겠어요? 여자 두 분이 배 타고 들어가
야 되는데……?

만류하는 캠핑장 사장님의 전화에도 A와 나의 무인도 카
누 캠핑에 대한 판타지는 사라지지 않았다. 그런데 예약일
아침에 창문을 열었더니 굵은 빗방울이 떨어지는 게 아닌
가. 하아, 가지 말까. 하지만 취소하자고 먼저 말을 꺼내는
병약한 캠퍼처럼 보이긴 싫었다. 오전까지 계속된 눈치싸

움을 끝낸 것은 A였다.

　―언니, 호우주의보에 돌풍까지 분대. 취소하자!

약속이 취소되면 즐거운 INFP 특유의 안도감. 난 그것을
들키지 않으려고 짐짓 아쉬운 듯이 답을 했다.

　―그래, 가고 싶지만 안전이 우선이지.

그리고 시간이 흘러 어느 늦가을 맑은 날, 우리는 무인도
카누 캠핑에 재도전하기로 한다.

　―사장님, 저희 무인도 캠핑 재도전하려고요! (나)
　― ㅎ넵! (사장님)

'ㅎ'에서 다이내믹해지고 싶어 하는 두 도시 여자의 도전
을 반가워하는 사장님의 마음이 진하게 느껴졌다. 하지만
카누 캠핑은 처음인 우리. 과연 배낭을 배에 잘 실을 수 있을
까, 내릴 때 물에 짐을 빠뜨리진 않을까. 물에 빠질 경우를

대비해 바지도 한 벌씩 더 챙겨 온 겁쟁이 두 캠퍼는 불안함을 감춘 채 씩씩한 척 노를 집어 들었다. 오늘의 캠핑 포인트는 카누에 배낭을 싣고 30분 정도 노를 저어 가면 나오는 무인도다(엄밀히 따지면 삼면이 호수로 둘러싸인 반도다).

우린 '서울 마포 조종 면허시험장'이라고 붉은 글씨로 크게 적힌 구명조끼를 입고 배에 올라탔다. 기우뚱~ 내가 선 채로 주춤거리는 바람에 배가 양쪽으로 크게 출렁인다.

"빨리 앉아요!"(사장님)

카누에 탈 때 필요한 것은 얼른 무게중심을 낮추는 것과 엉덩이의 재빠른 착지다. 한 발만 올린 채 다른 발을 늦게 거두어들이거나 선 채로 우물쭈물하면 배가 비틀거리면서 뒤집힐 수 있다.

"힘세고 무게 더 나가는 사람이 선미에 앉아요. 내릴 때, 탈 때 잘해야 돼요."

근데 왜 날 선미에 앉히는 건데.

해프닝 끝에 배낭과 장작, 식량을 모두 실은 카누가 출발했다. 바람 한 점 불지 않는 잔잔한 가을 호수를 가르며 노를 저었지만, 내 비루한 전완근은 금방 뻐근해지기 시작했다.

선두에서 아무리 열심히 저어도 선미가 받쳐주지 않으면 배는 잘 나아가지 않는다. 우린 흡사 생애 마지막 경기에 나선 미사리의 조정 선수들처럼 결연하게 구령을 붙였건만 배는 말 안 듣는 중2처럼 자꾸만 엇나갔다. 조용한 호수에서 여유롭게 노를 저으며 물멍을 하겠다는 생각은 우리만의 야무진 계획이었다. 한쪽에만 날이 달린 노를 이쪽저쪽으로 옮기며 방향을 조절하지 않으면 배는 기다렸다는듯 엉뚱한 곳으로 향했다. 아, 이래서 헬스장에 로잉 머신이 있는 거구나!

노를 저은 지 40분여, 드디어 카누 캠핑을 할 박지 앞에 도착했다. 시험을 볼 때조차 한쪽 손으로 핸들을 돌리던 평행 주차 실력을 발휘해 카누의 옆구리를 뭍에 가까이 댔다. 그러나 아뿔싸! 한쪽 다리를 뭍에 내린 A가 다른 쪽 다리를 내려놓기 전에 카누와 육지 사이가 나얼의 노래처럼 '점~점~' 멀어져 갔다. 그 순간 A는 헬스장에서 힙 어브덕션을 하던 힘을 모아 간신히 허벅지를 모았다. "얍!" 그간 PT 비용으로 쏟아부은 돈이 빛을 발한 순간이었다.

뒤이어 어정쩡한 자세의 내가 배낭을 옮기기 위해 앞 칸으로 발을 딛는 순간, 배가 크게 기우뚱했다. "꺄아~ 언니!" 나는 A의 외마디 비명을 들으며 두꺼비처럼 납작하게 엎드

린 채 포복 자세로 배의 흔들림이 멈추길 기다렸다. 그리고
는 스쿼트 자세로 침착하게 다시 무게 중심을 잡은 뒤 배낭
을 뱃전으로 살살 굴렸다. 흡사 새벽 배 위에서 시체를 바다
로 빠트리는 영화 속 조폭 같은 모양새. A에게 인계된 배낭
은 무사히 바위 위에 상륙할 수 있었다.

입도 성공을 자축하며 맥주 캔을 딴다. 노 젓느라 텐트 칠
힘도 없지만 또다시 빗방울이 떨어진다. 그때 갑자기 보트
엔진 소리와 함께 사장님이 물보라를 일으키며 등장한다.

"아이구, 왜 전화를 안 받아요? 비 오는데 전화는 안 받고
불안해서 와 봤지! 이제 필요한 거 있으면 직접 노 저어 나와
야 돼. 나, 가니까 알아서들 생존하셔!"

사장님은 어두워지는 춘천호에 우리만 남겨 두고 떠나
갔다. 잠시 멀어지는 뱃머리를 바라보다 굵어지는 빗방울
에 타프 설치를 서둘러 마무리했다.

자, 이제 무인도에서의 만찬을 시작해 볼까. 먼저 A가 시
즈닝 해 온 한우 채끝살을 꺼낸다. 여기에 내가 매칭한 술은
아이슬란드에서 사 온 브레니빈(37.5%, 1000㎖). 한국의 참이
슬 같은 아이슬란드의 국민주다. 37.5도 증류주를 목으로

털어 넣으며 무인도(같은 곳)에서 모닥불을 쬐고 있자니, 불과 얼음의 섬 아이슬란드를 발견한 바이킹이 된 것만 같다. 노르만 왕국에서 건너온 바이킹들은 기나긴 항해의 피로를 풀어줄 독주가 필요했을 것이다. 우리는 나무 컵에 맥주를 따라 마시던 바이킹처럼 독한 증류주에 이어 맥주까지 호쾌하게 해치웠다.

다음 날 아침, 일어나자마자 물가로 가본다. 텐트가 뚫어질 듯 밤새 세차게 내린 비 때문에 혹시 배가 잠기거나 떠내려가지는 않았을까. 다행히 우리의 카누는 어제 매어둔 바위에 얌전히 잘 정박해 있다. 텐트 전실에 백패킹용 테이블을 펼치고 우드 트레이 위에 사과와 스콘을 꺼내 세팅했다. 커피를 내리며 텐트에 떨어지는 빗소리를 들으니 단풍으로 물든 춘천호가 스위스의 인터라켄 호수 부럽지 않다. 형형색색의 단풍 숲 산간에 걸쳐진 산 구름이 있는 엘프 세계에 온 것 같았달까. 로스팅한 지 얼마 되지 않은 원두 위에 물을 부으니 이스트를 넣은 것처럼 거품이 잔뜩 부풀어 올랐다. 비에 젖은 풀 냄새를 맡으며 커피를 마신다. 오지 캠핑을 하면 좋은 점은 체크인, 체크아웃 시간을 신경 쓸 필요 없다는 거다. 만두까지 옹골차게 구워 먹은 우리는 막 올림픽을 성공적으로 끝낸 국대 레슬링 선수처럼 낮잠에 빠졌다.

낮잠에서 깨어나니 이제 정말 떠날 시간. 배에 배낭을 신고 바위에 묶어 둔 줄을 풀고 노를 젓는다. 걸어서는 가볼 수 없는 절벽, 단풍나무가 컬러풀하게 우거진 건너편까지 노를 저어 가 본다. 뱃전에 잠시 노를 걸쳐뒀더니 배는 바람에 떠밀려간다. 괜찮다. 어제와는 달리 마음이 바쁘지 않다. 앞만 보면서 노만 젓지 말고, 가끔은 옆도 보고 뒤도 보며 파도나 조류를 타는 것처럼 이리저리 흔들려보는 것도 나쁘지 않다. 그러다 마주치는 낯선 풍경을 보고 탄성을 터뜨리는 게 인생 아닐까.

―사장님! 저희 무사히 나와서 카누 매두고 가요!

쾌활한 우리의 문자에 과묵한 사장님은 도착했을 때처럼 또 한 글자 답장을 보내왔다.

―ㅎㄴㅂ.

이제 보니 'ㅎ' 한 글자 안에 모든 염려와 인사가 모두 담겨 있었다.

육지와 배에 한 다리씩 걸친 채로 가랑이가 찢어질 뻔한 우리는 '일'과 '회사'로 상징되는 세계에 한 다리를 걸친 채 매일 감정의 사선을 넘는다. 우리뿐만 아니라 대부분의 사람들이 가정과 사회에 양다리를 걸친 채 두 가지 모두 잘 해내야 하는 멀티 페르소나의 숙명을 안고 살겠지. 그러니 뭐든 그사이 새로운 모험의 기회가 주어졌다면 마음을 열고, 우물쭈물하지 말고, 그냥 잽싸게 올라탈 것. 그리고 도전이라는 노를 격하게 저어 보는 게 어떨까.

카누 캠핑이라는 작은 도전에 성공한 우리는 가랑이가 찢어질 뻔하고, 물에 빠질 뻔도 하며, 전완근 통증도 얻었지만 어쨌든 살아남았다. 할까 말까 망설였던 일들을 해낸 후 얻은 성취의 자그마한 조각들은 그때마다 내 자기 효능감의 척추를 조금씩 바로 세워준다. 인생을 살면서 가끔은 생명에 지장이 없는 이런 정도의 마이크로 모험을 떠나보는 게 좋은 이유다.

'강철부대'인 줄 알았는데
'힐링캠프'였어

feat. 강원 인제 자연휴양농원 하늘내린터 팜핑장

아무리 회원제 비밀 캠핑장이라 해도 이렇게 찾아가기 힘들다니. 아 맞지, 여긴 '인제 가면 언제 오나'의 그 인제였지. 해발 500미터 원대리에 위치한 디지털 디톡스 농원 캠핑장 앞에서 내비게이션은 멈춰버렸다. 데이터와 전화가 안 터지는 걸 보면 오지인 건 확실했다. 백미러에서 사라진 일행의 차를 찾기 위해 숲길 아래를 향해 소리쳤지만 대답 없는 메아리만 돌아온다. 신호를 찾아 핸드폰을 치켜들고 있던 나는 유턴도 불가능한 좁은 산길을 1킬로미터 가까이 덜

덜 떨며 후진을 한 뒤에야 캠핑장에 겨우 도착할 수 있었다.

회원들로부터 추천받아 규칙에 동의하는 사람만 받는
이곳은 귀농귀촌 운동가이자 생태운동가인 캠장이 수백만
평의 국유림 속에 한 땀 한 땀 만들어놓은 팜핑장이다. 사이
트당 사용료가 5~7만 원에 달하는 일반 캠핑장과는 달리
입장료 및 농산물 수확 체험료로 15,000원을 내면 직접 수
확한 농산물로 팜 파티를 즐길 뿐 아니라 독립 사이트에서
캠핑도 즐길 수 있다. 현대식 화장실과 전기 시설 대신 바가
지로 드럼통에 받아놓은 빗물로 샤워해야 하지만 자연인 스
타일의 부쉬크래프트 캠핑을 제대로 즐길 수 있는, 진정 '쎈'
캠핑을 해보고 싶은 이들의 버킷 리스트이기도 한 곳이다.

오프로드 경기가 열릴 정도로 험한 임도를 헤매다 보니
너더너덜해진 자동차 바닥처럼 내 멘탈도 너덜너덜해졌다.
그러나 사이트를 구축하자마자 쉴 틈도 없이 오리엔테이션
과 농산물 수확 체험이 이어진다. 이곳을 방문하는 캠퍼들
은 일단 캠장님의 OT에 참석한 후 자신이 먹을 농산물 수확
활동에 참여해야 한다. 바쁠 땐 현수막 달기나 가구 나르기
등 캠핑장 내 일손 돕기도 필수. 막 입소한 신병들처럼 다소

곳이 손을 모은 우리 앞에 군복 셔츠를 입은 캠장님이 피바다 조교처럼 등장했다. 그는 특전사로 10여 년 가까이 일한 직업 군인. 우리는 본능적으로 자세를 고쳐 앉았다.

"시끄럽게 마시고 먹기만 하다 가는 캠퍼들은 강퇴입니다. 여긴 전체가 자연생태휴양농원입니다. 잔디 위에 바퀴 자국을 남기거나 화로대 사용 및 장작 패기로 잔디를 훼손하면 강퇴예요. 샴푸와 세제 쓰시면 안 되고, 동물이 못 먹는 음식물 쓰레기는 퇴비장에 버려주세요."

이미 팜핑장 온라인 카페에서 붉은 볼드체 글씨체로 10개 규칙에 '서약하라'는 다소 경직된 분위기를 접한 나. 각종 금지 사항과 강등 및 강퇴, 퇴거 명령 등의 살벌한 경고 메시지와 길어지는 한여름 OT에 캠핑 의욕이 점점 사라져가고 있었다. 쉬러 와서 이 무슨 '강철부대'냐. 음식물 쓰레기를 한 조각이라도 잘못 버리면 〈테이큰〉 속 리암 니슨처럼 날 추격할 것 같은 원장님을 뒤로하고 감자밭으로 향했다.

한숨을 쉬며 호미로 땅을 파기 시작한다. 그런데 웬걸, 땅속의 동글동글한 감자를 캐내는 것이 왠지 좁은 콧구멍 사이로 오래된 코딱지 파내듯 통쾌함을 선사하는 것이 아닌

가. 검은 비닐봉지를 덮고 엄폐 중이던 알감자들이 올 것이 왔다는 듯 처연하게 몸을 내준다. 나는 신이 나서 침낭을 말 듯 알감자가 빠져나간 비닐을 돌돌 말아나갔다. 똑똑 소리를 내며 손톱 끝으로 깻잎을 따는 소리, 딸 때마다 휘청대는 방울토마토 덩굴의 탄력은 또 어떤가. 도시 마트에서는 볼 수 없었던 큼지막한 오이와 호박, 가지를 계곡물에 씻으니 보석처럼 반짝반짝 빛이 났다. 그제야 캠장님이 왜 직접 농산물을 수확해 보라고 했는지 이해가 갔다. 아, 이래서 자연인들이 산으로 가는구나. 내 손으로 장만한 음식이 주는 충만함, 더하고 덜 것도 없는 수렵 채집의 정확한 기브 앤 테이크.

수고했다며 캠장님이 안겨 준 수박 한 통을 들고 사이트로 돌아왔다. 평지보다 높아서인지 여름이지만 서늘하다. 나는 북유럽 어딘가의 산장에서 직접 수제 요거트를 만들어 먹는 여자처럼 익숙하게 계란을 풀어 호박전을 부쳤다. 피폐한 도시 생활을 접고 자연 속에서 안식을 얻은 『킨포크』 속 명상가처럼 신호가 뜨지 않는 핸드폰 따위는 어디 처박아 놨는지도 잊었다. 수확한 상추와 깻잎에 고기를 얹어 본다. 호박과 가지 전을 안주 삼아 계곡물에 담가 둔 맥주를 마신다. 감자와 고구마도 모닥불 위에 올리고 홍합탕에는 밥에서 딴 청양고추와 홍고추를 넣고서.

맥주를 한참 동안 마시다 보니 보리와 홉이 일으킨 요의
가 어김없이 찾아온다. 이끼가 잔뜩 낀 외나무다리를 건너
친환경 화장실로 향한다. 사방이 트인 노지에 비하면 푸세
식이라도 문이 달린 게 어딘가. 문을 열고 들어가 화장실 지
박령 같은 대형 나방을 쫓아낸다. 그리고 엉덩이에 모기가
붙을세라 뒤로 휘휘 손을 내저었다. 벌레들과 하이 파이브
하며 볼일을 보고, 통나무 오두막과, 화로 없이 모닥불을 피
우도록 빙 둘러쳐진 원형 바윗돌을 보니 부싯돌로 불을 일으
켜 생선이라도 꿰어야 할 판. 나무에 말을 매두고 황무지에서
숙영하던 서부 활극 시대의 카우보이가 된 느낌이랄까.
화장실에 가다 다람쥐와 토끼를 볼 수 있는 이 농원에선
늦게까지 음악을 틀거나 고성방가하는 캠퍼가 없다. 그랬
다간 피바다 조교에게 쫓겨날 수 있으니까. 들리는 건 물소
리 바람소리뿐이다. 그러고 보니 생각난다. 섬을 열어준 주
민들에게 미안할 정도로 쓰레기가 뒹굴던 군산의 관리도,
데크 위에 모닥불 자국이 선명하던 원주 휴양림, 화장실 용
수를 샤워용으로 쓰는 캠퍼들과 쓰레기 문제로 캠핑이 막혔

던 홍성 남당항…… 그리고 다시 깨닫는다. 특전사 출신 원장님이 강건한 태도로 이런 빌런들을 걸러왔기 때문에 우리가 이 자연을 아주 밀도 있게 느끼고 즐길 수 있다는 것을. 그제야 캠장님이 쓴 한 줄의 시 같았던 문구가 기억난다.

"흔적 없이 다녀가세요. 오셔선 소리 내지 마시고 맑은 공기와 좌우 계곡의 물소리를 벗 삼아 무작정 느릿느릿 걸으십시오. 어둠이 내리면 그냥 오늘이 막을 내렸구나 하며 자연 속에 묻혀 버리세요."

〈강철부대〉인 줄 알았는데 〈힐링캠프〉였구나.

깊은 숲속에서 캠핑을 해서인지 아침에도 눈이 잘 떠졌다. 숲길을 걷다 와이파이가 되는 전망대를 만났지만 굳이 핸드폰을 꺼내지 않았다. 모닥불 위에 모카 포트를 올리고 거품이 올라오는 것을 응시한다. 장작을 칼로 쪼개는 바토닝을 하기 좋은 모탕(절단목)과 누운 나무들이 지천에 보인다. 그래봤자 자연 속에서 모든 걸 얻는 부쉬크래프트 캠퍼는 죽었다 깨어나도 못 될 테고 화장실은 쾌적한 게 좋지만, 해발 500미터가 준 불편한 매력은 잠시 동안 이 모든 것을 잊게 만들었다.

　내가 이곳을 책에 소개한 걸 알면, 더 이상 팜핑장 회원을 늘리고 싶지 않다던 특전사 출신인 캠장님이 먼지 쌓인 총의 개머리판을 만지작댈지도 모르겠다. 그렇게 바늘도 안 들어갈 듯 무섭게 보였던 그가 소년처럼 해사하게 웃었던 순간은 농원 진돗개들이 낳은 새끼들을 안아 올릴 때였다.

　"농원의 '달래'가 유기견과 사고를 쳐서 네 마리를 낳았고, 지킴이인 '백두'랑 짝인 '마루'가 또 새끼 네 마리를 낳았어요. 허허."

　수챗구멍에도 발이 빠질 만큼 아직 꼬물거리는 아이들 넷을 캠장님이 양팔로 안아 올린다.

　"야생 동식물에게도 먹이를 취하고 번식하고 성장하는 일상, 즉 프라이버시가 있습니다. 돌멩이, 나뭇잎, 나무 열매, 야생화, 약초 등을 농원에서 테이크아웃하지 말아주세요."

캠핑에도 삶에도
홍 반장은 있다

feat. 충남 태안 안면도 백사장항 해변

"저기요~"

밤바다를 보며 술잔을 기울이던 내게 다가온 청년. 이것이 드디어 말로만 듣던 바닷가 헌팅인가?! 헌팅이 처음인지, 무척이나 결연한 그의 표정에서 긴장감을 느낄 수 있었다. 그러나 청년의 입에서 나온 말은, "여기 해변이 군사시설 보호구역이라 12시부터는 폐쇄됩니다. 자리 정리하고 나가주셔야겠는데요."

그렇다. 헌팅이 아니라 퇴거 명령이었다. 오바에 육바까지 김칫국을 통째로 드링킹했던 고성 아야진 해변에서의 이 에피소드 이후, 밤바다에서 누군가 말을 걸어 오면 내겐 쓸 데없이 방어 심리가 생겨난다.

"좀 도와드릴까요?"

결론부터 말하자면 이번에도 헌팅은 아니었다. 퇴근 후 바로 오느라 투피스 차림이었던 나는 강풍에 금방이라도 날 아갈 듯한 텐트를, 떠나는 연인 바짓가랑이 붙잡듯 절박하 게 부여잡고 있었다. 때는 캠핑을 시작한 지 얼마 안 된 몇 년 전 가을. 일주일 내내 쓴 기사를 대차게 까인 후 발작적으 로 차를 몰아 도착한 곳이 안면도 북쪽 끝 백사장항이었다. 사무실에서 마주한 노트북 속에서 안면도대하축제 팝업 광 고가 눈에 띄었고, 그 광고에서 펄떡펄떡 살아 숨 쉬는 새우 를 보았고, 새우의 패기와 생명력을 내 것으로 치환하고 싶 었다는 게 이 곳으로 냅다 달린 이유였다.

하지만 해변 이름부터 '백사장'이 아닌가. 입을 열면 강 한 바람을 타고 쏟아져 들어온 모래가 이 사이에서 서걱서 걱 씹혔다. 그곳에서 나는 접지력 좋은 샌드 팩은커녕 길이 가 짧은 일반 팩을, 아무리 채워도 채워지지 않는 항아리 앞에 선 콩쥐처럼 헐거운 모래톱에 꾸역꾸역 박아 보려 애쓰고 있었다. 그 와중에 7센티미터짜리 힐은 모래밭 위에 꽂게 숨구멍 같은 구멍을 뽕뽕 내며 나를 모래톱 위에 화분처럼 심어 놓았다. 타이트한 H라인 스커트 때문에 뒤뚱거리며 텐트를 치느라 20분째 사투 중인데 헌팅이 웬 말이랴. 생애 첫 퇴근박 장소를 바람 부는 모래 해변으로 택한 과거의 나야, 정신 차려!

당시 내게 도움의 손길을 내민 것은 사이트 피칭을 마치고 새우를 구워 소주잔을 기울이고 있던 옆 텐트였다. 그러나 베테랑처럼 보이는 그들이 30분 넘게 실랑이를 벌였음에도, 내 짧은 팩은 번번이 쓰러졌다. 어느덧 대하 어판장과 식당도 하나둘 문을 닫고 있었다.

"저희가 쳐 놓은 텐트가 두 개니까, 한 개 빌려드릴게요! 일단 요기부터 하세요!"

당시 나는 처음 만난 타인의 호의를 거절하기에는 너무나 배가 고픈 상태였다. 스커트와 힐 차림으로 이 고생을 했는데 결국에는 실패하고 만 텐트의 후줄근한 주름이 옹골차게 까였던 기사만큼이나 서럽게 느껴졌다. 텐트가 꼭 내 신

세 같았다. 하지만 무엇보다 내 코가 백사장항을 맴도는 새우 굽는 냄새에 크게 벌렁대고 있었다.

안다. 여행지에서 타인의 갑작스러운 친절은 경계심을 불러일으킨다는 것을. 주로 혼자 다니며 여행지를 취재하는 내게 원하지 않는 친절을 베푸는 빌런들의 습격은 쇼핑 앱 알람만큼이나 비일비재했고 끈질겼다. 등산을 하면 산악회원들이 "여자분 혼자 산에 오셨네. 사진 한 장 찍어드릴까?"라며 삼겹살에 소주 한잔을 권했고, 식당에서 혼술이라도 할라치면 불쾌한 얼굴의 누군가가 "왜 혼자 드세요? 안주 살게"라며 오지랖을 부렸다.

그러나 돌이켜 보면, 초보 캠퍼를 긍휼히 여기는 홍 반장들 역시 밤하늘의 별만큼이나 많았다. 손에 익지 않은 새 타프를 함께 들러붙어 쳐주느라 자신들의 식사도 중단했던 포천 계곡의 옆 사이트 일가족, 폭우를 맞으며 부서진 텐트를 함께 보수해 준 가평의 캠장님, 강풍과 함께 내 멘탈도 날아갈 뻔했던 해변에 바람처럼 나타나 "오다 주웠다"라는 바이브로 모래주머니를 두고 사라졌던 캠핑 고수까지. 이번 역시 새우와 소주를 내어준 이웃 홍 반장의 친절이 없었다면 난 분명 쌀쌀한 가을 날씨의 서해안 바닷가에서 영원히 극복 못 할 해변 캠핑 트라우마를 얻었겠지.

다시 술잔을 기울인다. 새우가 타지 않도록 팬 위에 소금을 깔고 새우를 눕힌 후 뚜껑을 덮는다. 딱딱한 껍질 아래 반짝이던 새우의 투명한 살이 불에 달궈져 하얗게 변하면 반대쪽으로 뒤집어준다. 자른 머리는 나중에 한데 모아 버터에 튀기듯 구워 먹어야지. 꼬리 끝 색깔이 더 화려하다는 자연산 대하 대신 꼬리 끝이 암갈색인 양식 대하였지만, 팩을 잡은 채 모래밭 사투를 함께 한 우린 파리의 미슐랭 3스타 레스토랑에 온 듯 새우를 머리끝부터 꼬리끝까지 신중하게 발라 천천히 음미했다. 이렇게 맛있는 새우를 먹었는데 나쁜 일이라곤 일어날 리가 없다. 자연산이면 어떻고 양식이면 어떤가. 출신 성분에서 자유로운 새우들이 흰 소금 위에서 상모를 돌리며 내 입속에서 한바탕 사물놀이를 벌여대고 있었다.

비슷한 또래였던 홍 반장 일행과 나는 고만고만하게 힘든 서로의 고민에 대해 진중하게 상담을 하며 부른 배를 꺼뜨렸다. 그러다 보니 데스크에게 혼났던 낮의 일은 어느새 뇌리 너머 새하얗게 사라졌고, 우린 새우를 넣은 해장라면까지 먹으며 새하얗게 밤을 불사르고 있었다.

배낭에 호신용 호루라기와 고춧가루 스프레이를 상비해 두고 있지만 타인의 친절을 의심하지 않고 순수하게 받아들여야 할 때도 있는 법. 빌런들이 모래밭에서 가끔 나오는 깨진 유리 조각이라면, 좋은 이웃은 그걸 충분히 덮고도 남는 모래사장이었다. 그렇게 만난 이들은 가끔 기대하지 않은 우주로 나를 데려가곤 했다.

다음 날 아침, 이름부터가 지나치게 귀여운 대하랑꽃게랑다리 위에 올라서니 고무 작업복을 입은 홍 반장 일행이 물속에서 뜰채로 낚시를 하고 있었다. 다가오는 봄엔 꽃게 축제가 시작되겠지. 대하랑꽃게랑 다리를 지나 드르니항에 가서 꽃게를 먹고 가을엔 대하를 먹으러 다시 백사장항에 와야겠다. 만약 해변의 홍 반장을 다시 만난다면 그땐 내가 100점짜리 자연산 대하구이를 대접해야지.

내 작고 은근하며
저렴한 애착 장비들에게

난 슬플 때 텐트를 펴

보낸 편지함 용량이 터질 정도로 많은 이메일 박스를 보며 한숨을 쉬고 나면 또다시 다음 마감이 시작된다. 본데없는 인터뷰이와 준 것 없이 서운한 홍보 담당자들과의 대화가 끝나고 나면, 단어는 두개골 밑에 깊이 파묻혀 컴퓨터 자판과 대면할 기미가 보이지 않았다. 그럼에도 데드라인은 죽지도 않는 각설이처럼 돌아왔고, 고른 옥수수 알처럼 촘촘히 박혀 있는 자판만이 지금도 날 물끄러미 쳐다보는 중이다. 대략 80여 통의 공문을 보내고, 또 대략 50여 통의 전화를 돌리며 며칠 밤을 새우고 나면 어느새 마감은 끝나 있었다. 패션지 기자로 살다 대상포진에 걸리기 직전의 내 모습이다.

머리와 입을 놀리지 않는 곳으로 떠나고 싶었다. 전국의 동물원을 뒤져 촬영할 뱀을 찾아내거나, 새벽 3시까지 립스틱 신상을 100개씩 찍어대거나, 떠들썩한 브랜드 런칭 파티에 가고 싶지도 않았다. 그냥 떠나고 싶었다. 힙스터도, 매니저들도, 크리에이터도, 광고주도 없는 무無 맛의, 몰개성의 세계로. 아니, 그때 나는 제4금융권까지 밀려난 채무자처럼 끊임없이 섭외 전화를 돌려야 하는 이 건조한 사무실만 아니면 됐었다. 그때 내가 택한 것이 바로 캠핑이었다.

그렇다. 내가 그 유명한 마트에서 코펠을 산 여자였다. 캠핑장은 예약해 놨는데 혼자 떠나는 내 손엔 장비가 없었다. 주문을 외우면 집 안 구석구석의 구멍에서 뛰쳐나와 드레스를 봉제하는 「신데렐라」 속 생쥐처럼, 온라인 주문 즉시 다음 날 온갖 물건을 다 모아 집으로 배송해 주는 '오○○몰'이나 중고 장비를 쉽게 구할 수 있는 '○○장터' 같은 캠핑 카페의 존재를 몰랐던 나는, 급하게 떠나게 된 캠핑에 갖고 갈 물품들을 번갯불에 콩 볶듯 24시 마트에서 구해야만 했다.

집 앞 마트에서 내가 가장 먼저 산 것은 큰 코펠 안에 작은 코펠이, 그 안에 또 작은 코펠이 마트료시카 인형처럼 계속 나오는 4인용 올인원 코펠 세트였다. '원터치'와 '올인원'이 붙은 물건들이 대개 그렇듯, 빠르고 편리한 듯 보이지만 내구성은 제로인 장비들이었다.

내가 '원'과 '올'을 맹신하게 된 것은 구 남친과 떠났던 첫 커플 캠핑의 악몽 때문이었다. 영수증도 덜 마른 그의 장비를 펼치느라 2시간, 철수할 땐 또 접느라 3시간을 보내며 우리 둘을 감싸고 있던 커플캠에 대한 몽글몽글한 기대는 일찌감치 사라지고, 그 자리에는 삽으로 눈을 치우는 군인들 같은 삭막한 무음 노동만이 남았었다. 그 과정에서 나는 '장비 크고 많아 봤자 고생이군, 원터치나 올인원이 최고'라는 인지적 오류를 범하게 된다. 그리하여 그와 헤어진 내 곁에는 나풀거리는 원터치 텐트와 함께 컵 거치대가 달린 올인원 캠핑 체어, 잠시 정신을 팔면 음식과 함께 엿가락처럼 흐물흐물 녹아내리는 플라스틱 주걱만이 남았다. 캠핑장에서 대자연에 몸을 맡기는 대신 나는 환경호르몬을 온몸으로 받아들이고 있던 것이다.

접을 때마다 뫼비우스의 띠처럼 영원히 접히지 않을 듯한 원터치 텐트와 천근만근 같았던 낚시 의자를 당근에서 성공적으로 거래(부디 그녀가 캠핑이 아닌 한강 피크닉 정도에 그 물품을 써주길 바란다)한 나는 어느 날 전설처럼 전해져 내려오는 종로3가 ○○○아웃도어를 찾았다. 당시의 내게 필요한 것은 '그거 좋더라'라며 링크를 던져주는 브랜드 오픈 채팅방이 아니라, 초보 캠퍼가 궁금한 걸 물어보면 눈으로 제품을 확인시켜 주는 고수가 있는 오프라인 숍이었다. 한눈에 캠핑 초보인 날 알아본 사장님은 테이블부터 시작해 침낭 안에 넣는 라이너, 동계용 패딩 부츠까지 세심하게 장비를 골라주었다. 사장님을 통해 '장비와 만족감은 비례하지 않는다'는 걸 알았다. 그곳에서 추천받아 10만 원도 안 되는 가격에 산 티타늄 테이블과 랜턴은 지금도 쌩쌩하게 성능을 발휘 중이다. 캠핑 페어에서 한번 앉아본 뒤 5만 원에 산 캠핑 체어는 아기를 안는 수유 의자처럼 내 몸을 편안히 감싸 안는 바람에 캠핑 애착 의자가 된 지 오래다.

물론 나도 많은 한국 백패커들처럼 '의자=헬리녹스, 랜턴=크레모아, 스틱=레키' 공식과 함께 살아가는 K-캠퍼다. 하지만 모두가 추천하는 스테디셀러가 내겐 애물단지일 수도 있고, 다들 혀를 차지만 나만 만족해서 혼자 숨겨 놓고 쓰는 '샤이 아이템'도 있지 않을까. 내 최애 영화인 〈족구왕〉에서 홍만섭(안재홍 분)은 말한다.

"남들이 싫어한다고 자기가 좋아하는 걸 숨기고 사는 것도 바보 같다고 생각해요."

바삭하고 깨질 때마다 내 멘탈도 바삭 깨지던 이소가스 랜턴의 감성도 좋지만, 그 위험을 감당하기엔 지출이 심했다. 100만 유튜버의 말만 믿고 질렀다가 당○ 거래를 기다리는 아이들은 또 얼마나 많은가. 이미 장례를 몇 번이나 치르고 땅속에 묻혔어야 할 내 제로그램 텐트는 여기저기 색이 다른 스킨으로 덧댔을지언정, '제발 죽여줘!'라는 절규에도 불구하고 몇 번이나 되살아나 지금도 호위무사처럼 나를 지키고 있다.

그 누더기 텐트로 알박기 캠핑을 했던 기억이 떠오른다. 서해의 잔잔한 파도를 앞마당처럼 볼 수 있다는 오션 뷰에 자리 잡은 후 일행을 기다리던 내 텐트 주변으로 어느샌가 대형 돔 쉘터들이 모여들기 시작했다. 빔 프로젝터와 루프 톱 텐트, 소형 요트가 딸린 트레일러 등 대형 텐트들이 진군하는 탱크처럼 내 작고 소중한 텐트를 조여오기 시작한 것이다. 캠핑 냉장고부터 일체형 테이블까지 모델하우스를 통째로 옮겨 온 듯한 캠퍼들로 주변 노지가 속속들이 채워지자 갑자기 초조해졌다. 졸지에 내 알파인 텐트는 오션 뷰 최고 자리를 초고층 대장 아파트에 빼앗기지 않으려 알박기를 하는 꼬마 빌라 형국이 됐던 것이다.

대장 텐트 사이에 끼여 잘 보이지도 않는 내 텐트를 힐끗힐끗 보던 그들을 보지 않는 척 의자를 조립했다. 옆 사이트에는 원목 테이블에 쿠킹 행어, 어닝이 딸린 풀 키친까지 놓여 있다. 모기향마저 예쁜 원목 홀더에 끼워두고, 팔로산토 스틱을 피우는데, 설거지통에서조차 북유럽 감성이 묻어나는데, 왜 나는 빗쟁이가 뜨면 바로 보자기에 쓸어 담아 달려도 될 만큼 단출한 차림새인가. 뭐 어때. 당신들 장비 펼 시간에 난 저 바다를 눈에 담는다고.

이런 이유로 난 오늘도 작고 은근하며 저렴한 애착 장비들을 내 방공호에 숨겨놓고 혼자서 실실거리며 즐기는 중이다. 산으로 백패킹을 갈 때 배낭 무게를 줄이려고 캔맥주를

1개 챙기느냐 2개를 챙기느냐 고민하는 절체절명의 순간에도 절대 포기하지 않는 3가지가 있다. '힙 플라스크계의 샤넬'로 불리는 스노우피크 티타늄 힙 플라스크, 음악과 조명 역할을 동시에 하는 모리모리 LED 블루투스 랜턴 스피커, 그리고 내가 가진 수많은 올인원 중 버리지 않은 유일한 아이템, 카플라노 클래식 올인원 커피메이커가 바로 그것.

캠핑의 두근거림은 출발 전날 핸드 그라인더로 원두를 갈 때부터 시작된다. 보온병처럼 생긴 카플라노는 그라인더와 드리퍼, 컵이 일체형이라 원두만 갖고 가면 드립 장비를 주렁주렁 가지고 다닐 필요가 없다.

오늘도 집 앞 카페에서 금방 로스팅 해온 원두가 자신의 운명을 안다는 듯 핸드밀 안으로 숙연하게 굴러떨어진다. 드르륵드르륵 청명한 소리를 내며 갈리는 원두로 내린 커피를 불멍과 함께 즐기다 보면, 모리모리의 전기 랜턴 스피커가 죽은 감성도 살려낸다. 자면서 LED 스피커가 날 향해 최면술 시계처럼 왔다 갔다 하는 꿈을 꾼 뒤 2주 동안 뇌리에서 떠나지 않자, 난 주문 예약 후에도 한참을 기다려야 한다는 스피커를 주문해 버린다. 노을이 질 때 스피커에 달린

LED 조명을 켜면 녀석은 화기의 위험 없이 내 가슴에 불을 지른다.

내 마지막 애착 장비는 힙 플라스크다. 삼신 할매보다 무서운 유튜브 알고리즘을 타고 들어간 한 인플루언서의 배낭여행 블로그. 난 거기서 조지아, 모로코, 에콰도르 등 뭔가 발음하는 것만으로도 설레는 나라들을 발견했다.

— 조지아, 아 와인 맛있는데.
— 멕시코는 아네호 데낄라지.
— 벨기에, 트라피스트 수도원 맥주가 끝내주지.

그러다 예매 사이트를 열어 항공료를 보자 현타가 몰려온다. 그럴 때면 난 각 나라에서 산 힙 플라스크에 그 나라의 술을 넣어 음주 랜선 여행을 떠난다. 조약돌 같은 모양 때문에 눕혀두는 게 더 아름다운 스노우피크 플라스크, 러시아 바이칼 호수에서 사 온 물범 모양 플라스크, 카트만두에서 사 온 칼 모양의 쿠크리에 술을 담아서.

힙 플라스크는 캠핑장에서도 제 몫을 발휘한다. 베이스 캠프에서의 단체 술자리가 끝나고 세수를 한 후 텐트 안에 들어오면 화장실을 부르는 배부른 캔맥주는 부담스럽기 때문. 그럴 때 최고의 술은 바로 플라스크에 담아온 위스키나 보드카 등 소위 '양주'로 불리는 독주들이다. 술이 모자란 텐트 밖의 저 술 아귀들에게 들킬 새라, 나는 조금씩 조금씩 내 목젖으로 플라스크 속 위스키를 흘려보낸다. 자, 다음은 어느 나라로 가볼까.

수잔 케인은 "삶의 비결은 적절한 조명이 비치는 곳으로 가는 것"이라고 했지.
내게 인생의 적절한 조명은 캠핑 랜턴을 켜 둔 밤의 텐풍 앞이다.
불이 켜진 색색깔의 텐트는 나를 좋은 인생으로 안내해 줄 것만 같다.
텐풍 불빛은 도시인들의 탈출 가로등이다.

모닥불 위에
모카 포트를 올리고
커피를 끓인다.
내가 사랑하는
아침이다.

초록 옆에 나를 갖다 눕히고, 말을 잊게 하는 노을을 보다 보면
걱정거리도 아득히 멀어진다.

물멍을 하고,
예쁜 것을 입 안에 넣어주고,
가심비 최고의 위스키를 마시는
캠핑의 밤.
인센스 스틱의 좋은 향은
시름마저 모두 불태워 올려보낸다.

할까 말까 망설였던 일들을 해낸 후 얻은
성취의 자그마한 조각들은 그때마다
내 자기 효능감의 척추를 조금씩 바로 세워준다.
가끔은 마이크로 모험을
떠나보는 게 좋은 이유다.

어차피 타고 나갈 배도,
차를 몰고 나갈 도로도 없다.
섬에서는 걱정거리도 끊긴다.

캠핑이라는 다정한 마법을 만나 나를 고쳐 쓰는 주말.
이제 더 이상 월요일이 두렵지 않다.
나는 좋은 기분 속에 있다

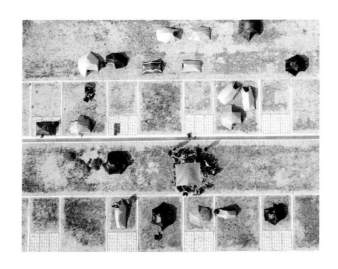

빌런들이 모래밭 속에서 가끔 나오는 깨진 유리 조각이라면,
좋은 이웃은 그걸 충분히 덮고도 남는 모래사장처럼 많았다.
그렇게 만난 이들이 내게 보여준 각자의 우주는
가끔 기대치 못한 좋은 곳으로 날 데려가곤 했다.

3장

힘든 캠핑은 있어도
나쁜 캠핑은 없다

과하다 싶을 정도로
아름다운 하루

feat. 강원 춘천 춘천호

사주에 나무 '목木'이 있어서일까, 나는 호수나 계곡 등 물이 있는 캠핑장을 꽤나 찾아다니는 편이다. 출렁다리가 호수 위를 가로지르는 파주 마장호수 캠핑장, 눈 뜨면 트렁크 뷰를 통해 바로 계곡이 펼쳐지는 포천 국망봉 캠핑장, 밤이면 물 밖으로 나온 수달과 하이 파이브 할 듯한 호젓한 춘천호 캠핑장까지 참 많이도 돌아다녔다.

산과 하늘을 수면에 그대로 비춰내는 춘천호는 수도권에서 1시간 내외로 갈 수 있지만 강원도 깊숙한 오지에 온 느

낌을 주는 곳이다. 충주호나 소양호에 비하면 깊지 않은 춘
천호가 때론 바다처럼 넓어 보이는 이유는 강폭이 좁고 양쪽
으로 높은 산들이 있기 때문이다. 호수 뷰 잣나무 숲 때문에 춘
천호는 많은 캠퍼들이 숨겨두고 싶어 하는 장소이기도 하다.

명색이 첫 솔캠인데 혼자 제대로 된 불멍을 하다 오고 싶
었다. 그러나 누군가 남기고 간 쓰레기와 오물로 오래 몸살
을 앓아 오던 춘천호 잣나무숲에선 그날 역시 한 주민이 가
족 캠퍼들에게 삿대질을 하고 있었다. 화재와 쓰레기 문제
로 캠핑이 금지된 강천섬과 비내섬의 전철을 밟지 않도록,
지역 주민과 캠퍼들 모두를 만족시키며 아름답고 깨끗하게
즐길 수는 없을까, 한숨을 쉬며 차를 돌렸다.

하지만 주위는 이미 어둑해지고 있었고 잘 곳을 얼른 찾
지 않으면 어둠 속에서 자칫 첫 솔캠 피칭을 해야 하는 아찔
한 상황. 그러다 인적이 드문 소나무 숲 한편, 다 쓰러져 가
는 폐가 옆 공터가 눈에 들어왔다. 솔숲 너머로 호수가 한눈
에 들어왔고, 백패킹용 알파인 텐트 한두 동은 칠 수 있는 넓
이였다.

배낭을 멘 채 빛의 속도로 호숫가까지 내려왔지만 갑자

기 사람 머리 두 개가 보인다. 또 망한 건가. 커플 옆에서 세상 어색하게 물멍을 해야 하나. 하지만 두 사람은 날 보자 주섬주섬 의자와 돗자리, 와인병을 걷으며 갈 채비를 했다.

"여기 텐트 치세요. 저흰 곧 갈 거예요."

덕분에 나는 물 위로 올라오는 물고기 소리밖에 들리지 않는 환경에서 혼자 〈내셔널 지오그래픽〉을 찍을 수 있었다. 낮을 밀어내며 노을이 몰려오는 일명 '개와 늑대의 시간', 햇빛에 일렁이는 춘천호 위 윤슬은 주변의 아름다운 것들을 비춰 주는 천연 조명이 되어 주었다.

해가 지자 왜가리와 오리들이 고개를 주억거리는 소리조차 들릴 듯이 주변이 적요해졌다. 달이 밝아 따로 랜턴을 켤 필요가 없었다. 눈이 매직아이가 될 정도로 호수를 한참이나 바라보았다.

부스럭. 뭐지? 분명히 나밖에 없는데 폐가 쪽에서 뭔가 움직임이 느껴진다. 해가 지기 전에는 마법 같았던 춘천호가 네스호 괴물이 나올 듯 위태롭게 느껴진다. 아, 솔캠의 최대 적은 밤의 공포였구나.

그때 정적을 깨고 휴대폰이 진동한다.

—기자님! 여기 공항인데 어디세요? 보딩 시간 다 됐는데 안 오셔

서 연락 드렸습니다.

—네?

짐짓 당황하지 않은 척 놀란 목소리를 얼른 목구멍 뒤로

쑤셔 넣어 본다. 사실인즉슨, 출장 날짜가 내일인 것으로 알

고 있던 내가 춘천으로 캠핑을 와 버렸던 것이다. 담당자에

게 급하게 둘러댄다는 핑계가 고작 감기였다.

—아, 제가 감기약을 먹고 잠들었더니 이제 일어났네요. 어떡하죠?

밤 아홉 시가 다 되어 가는 시간, 춘천에서 인천공항으로

텔레포트 할 수도 없는 상황. 담당자를 통해 비행기 시간을

내일로 변경하고 전화를 끊자마자 자괴감이 모래 폭풍처럼

몰려왔다. 에라, 그냥 취해버려야겠다. 배낭에서 멘탈 케어

용 위스키 플라스크를 꺼낸다. 솔캠을 위해 야심 차게 구입

한 싱글몰트 위스키를 소분해 왔다. 40도 이상 독주가 있다

는 게 지금 얼마나 다행인가. 출장 날짜를 착각한 나에 대한

자괴감이 46도의 알코올과 섞이자 폐가가 주는 공포와 함

께 빠르게 상쇄됐다.

다음 날 아침 춘천호의 물안개를 바라보며 눈을 떴다. 일
단 과일로 기력을 차린 후 커피를 내려본다. 비록 공항엔 노
쇼하고, 폐가 옆 솔캠의 공포감에 몸이 얼어붙기도 했지만
첫 솔캠을 성공적으로 마쳤다는 작은 성취감이 나를 기분
좋게 감쌌다. 어젯밤만 해도 물에서 뭔가 올라올 듯했던 춘
천호는 기지개를 켜는 나를 대견한 눈빛으로 바라봐 주었다.

어차피 출장지로 향하는 비행기 표는 밤이고 내겐 아직
12시간 정도가 남아 있다. 텐트를 접고 자리를 정리한 후 춘
천의 몽마르뜨 언덕이라고 하는 육림고개를 찾았다. 관광
헤드쿼터 같은 책방 겸 상점 '춘천일기'를 방문하기로 한
것. 그런데 이게 웬일? 문을 열자 어제 춘천호에서 내게 호
수 뷰를 양보하고 바람 같이 떠난 커플이 떡하니 서 있는 게
아닌가. 우린 서로를 바라보며 "엇!" 하고 외마디 비명을 질
렀다. 알고 보니 그들은 여행 차 온 춘천에 반해 정착, '춘천
일기'라는 게스트하우스와 상점을 운영하는 기획자 아내와
디자이너 남편 부부였다.

캠핑을 하다 보면 뜻하지 않은 현지인들의 도움을 얻는 '홍 반장 모멘트moment'가 있는데, 이들 부부도 그 경우였다. 첫 번째로, 내 첫 솔캠이 악몽이 되지 않도록 자릴 양보했으며, 두 번째로, 춘천호가 보이는 목장과 김수근 건축가가 만든 호수 카페와 물레길까지 추천해주어 출장 전 춘천 반나절 여행을 쫀쫀하게 마무리할 수 있었다.

캠핑에서 돌아가는 길, 닭갈비를 먹으러 들린 춘천에 반해 삶의 방향키를 틀었다는 둘의 유쾌한 용기가 전염된 것일까. 갑작스러운 소나기가 쏟아졌지만 여행의 기운이 꺾이는 대신, 오래된 욕실 발깔개처럼 적당히 회색으로 변한 초원목장 양들의 털 뭉치를 구경하고, 알프스 소녀 하이디가 된 것처럼 그들과 함께 뛰어놀았다. 여행을 하다 행운처럼 만나는 '오히려 좋아' 모멘트다.

"우리가 사막이 되지 않고 사는 것은 누군가 내 가슴에 심은 나무 하나 때문"이라던 한 시인의 말이 떠오른다. 이번 여행의 나무는 때론 무섭도록 아름다웠던 춘천호의 물멍이 내게 선사한 용기일 수도 있었고, '살 듯 여행하기 여행하듯 살기'를 모토로 하는 춘천일기 부부였을 수도 있다.

캠핑을 하면 할수록 삶은 조금씩 나아졌다. 산과 물에 잠시 잠기는 것만으로도 부유하던 소란한 속은 쉽사리 가라앉았고, 그 풍경 속에 앉아 있으면 나 역시 손쉽게 제법 자연인 같아졌다. 사주에 나무 木이 들어간 초보 솔캠러는 오늘도 다음 물멍지를 찾아본다.

지금은 춘천호 사유지 출입 금지 구역이 더 많아졌으니 확인이 필요하다. 노지에서는 특히 흔적을 남기지 않는 LNT(Leave No Trace) 캠핑을 지향할 것. 책에 등장한 부부는 현재 육림고개의 가게를 정리하고 옥천동에서 상점을 겸한 숙소 '춘천일기스테이(@stay.chuncheondiary)를 운영 중이다.

내가 주말마다
수백 킬로미터를 운전하는 이유

feat. 전남 해남 중리마을

그간 꾸역꾸역 목울대로 넘어 삼켰던 눈물들이 얼마나 많았을까. 그 북받친 감정이 드러났던 건 오랜만에 마주한 바닷가 앞에서였다. 바다는 해결하지 못할 문제와 고뇌를 쓸어갈 준비가 됐다는 듯, 위로처럼 파도를 밀려 보냈다가 다시 당겨 갔다.

오늘의 내 목적지는 바다. 정확하게는 서울에서 400킬로미터 떨어진 해남 중리마을이다. 땅끝 전망대로 유명한 곳이다. 하지만 이곳에서 땅끝 인증 샷만 찍고 돌아선다면 해남의 8할은 놓치는 것이 된다. 그중에는 전국에서 가장 아름다운 일몰로 꼽히는 중리마을의 낙조도 있다.

해 저물 무렵 77번 해안선 국도를 따라 땅끝마을을 향해 달리다 보면 가던 길도 되돌아서게 하는 낙조를 만난다. 차를 세우고 창문을 내리면 시시각각 붉은색의 농도가 달라지는 서쪽 하늘을 만날 수 있다. 중리마을 앞바다에 수줍은 듯 떨어져 있는 죽도와 증도 두 섬이 이내 발갛게 물들고 그 사이로 해가 고꾸라진다. 세상일 다 내려놓게 하는 일몰이다. 영화 〈마션〉의 화성에 온 듯한 착각을 주는, 인간계가 아닌 것 같은 지독한 아름다움이다. 무겁게 꾸린 배낭을, 넘어진 김에 우는 것처럼 옳다구나 하고 털썩 모래톱에 부려 놓는다.

중리마을은 바다를 향해 납작 엎드린 모양새다. 마을에 들어선 집들의 담장에는 향긋한 등나무와 선인장이 서 있고, 수평선에서부터 조붓하게 들어온 파도 소리가 중리마을을 감싸 안는다. 하루 두 번 바닷길이 열리는데, 그때면 마을 사람들은 조개와 고둥, 게를 주우러 나온다. 텐트 피칭을 마친 나도 그들을 따라 양동이를 들고 갯벌 체험에 나섰지만, 촌스러운 서울 것의 눈으로는 검은 뻘 속 어떤 것이 바지락인지, 어떤 것이 돌인지 당최 구분할 수가 없었다. 이 통을 언제 채우나 싶었는데, 주민들은 노는 듯 걷는 듯하면서도 어느새 금방 한 통을 가득 채웠다. 나만 막 새 통을 받아 든 것처럼 빈약한 양동이를 들고 사이트로 터덜터덜 걸어왔다.

난데없이 무슨 수렵 채집 활동이냐, 그냥 라면이나 끓여야겠다 싶어 바닷가에 캠핑 테이블을 펴는 나를 보며 지나가던 주민 한 무리가 내게 바지락 한 무더기를 안겨 준다.

"멀리서 왔나 봐요? 이거 좀 맛보세요."

"우와, 감사합니다! 근데 너무 많은데요." (나)

"집에도 많이 있어. 근데 여기서 자요?"

바지락을 준 것만으로는 성에 차지 않았는지, 양동이를 주고 사라진 아주머니는 직접 담갔다는 알싸한 총각무까지 텐트로 가져다주었다. 총각무가 자연히 막걸리를 부르는 터라 난 해변 앞 가게를 찾아 막걸리를 두 병이나 사 왔다.

땅끝이라 막걸리 맛도 센가. 아, 해창막걸리의 땅이 바로 해남이었지. 한 병도 채 다 마시지 못했음에도 취기가 쉬이 가라앉지 않는다. 화장실에 가려고 나왔다가 모래톱을 좀 더 걷기로 했다. 바다 위 어선의 불빛이 더 밝게 느껴진다.

중리해변 끝까지 걸었다가 텐트로 돌아오는 길, 멀리서 흔들리는 플래시 불빛이 보인다. 응? 저건 내 텐트 주변인 데?

"괜찮아요?"

수상쩍은 플래시의 주인공은 낮에 바지락을 준 아주머니였다. "여자 혼자 아무래도 걱정된다"라며 "괜찮으면 비어 있는 딸 방에 와서 자라"는 아주머니의 말에 괜찮다고 손사래를 쳤다. 그녀를 겨우 보낸 후 다시 침낭에 누웠다. 그리고 이방인을 위해 알타리 총각무를 다시 챙겨다 주는 선의와 밤의 해변까지 다시 걸어와 타인의 안녕을 살피는 마음에 대해 생각했다.

이 선의를 받고 어느 훗날 나 역시 다른 여정에서 만난 이를 살펴주라는 뜻이겠지. 이어달리기하듯 나도 이 선함의 선물을 이어가야지. 조용한 마을에선 인심의 잔향이 더 오래 퍼지는 법이다. 해남 땅끝마을의 떠들썩함과 송호해수욕장의 거친 상혼이 싫은 사람은 중리마을의 고즈넉한 다정함에 안겨보는 것도 좋겠다고 생각하며 잠이 들었다.

다음 날 아침, 캠핑장을 떠나 해남에서 유명하다는 솥밥

집엘 왔다. 식당에는 혼자 온 여행자가 없다. 솥밥의 나무 뚜껑을 열자 열기가 얼굴로 훅 끼친다. 잔뜩 팽창한 채 뜨거운 열기를 품은 밥알들이 지친 혓바닥 위를 이리저리 구르며 혀를 찜질하니, 찬바람에 흔들리던 몸이 방금 닻을 내린 배처럼 나부낌을 멈춘다. 그러고 나면 비닐하우스를 통째로 옮겨온 듯 산처럼 쌓인 쌈 채소와의 결투가 시작된다. 두서너 종류의 쌈에 견과류를 품은 강된장을 올려 입이 미어지게 집어넣는다. 입가로 삐져나와 다른 길을 모색하는 채소를 다시 입속으로 잡아넣고 한참을 우적거리며 씹다 보니 전날 400킬로미터를 운전했던 피곤함은 타노스가 핑거 스냅을 한 것처럼 사라져 버렸다.

사람들은 반짝, 멋진 풍경을 보러 5시간 동안 수백 킬로미터를 운전해서 캠핑을 하는 의미가 어디에 있냐고 묻는다. 하지만 작은 바닷가 마을 사람들이 이방인 캠퍼에게 가져다주는 묵은지를 먹어 보거나, 영혼을 위로하는 솥밥을 만나보면 안다. 발자국을 남기며 뚜벅뚜벅 걸어 낙조 앞에 선 나, 아무렇지 않은 듯 다가와 타지 사람을 곤경에서 구해내는 이웃을 만난 나는, 불안에 떨며 오지도 않을 미래를 걱정했던 나와는 단연코 달라져 있다는 것을.

중리마을의 찬란한 낙조와 넉넉하게 나를 보듬어주었던 달마산, 반찬을 건네주던 사람들의 다정한 마음…… 땅끝에서 만난 호위무사들은 나를 따뜻하게 안아주었다.

함께 모닥불을 쬐고
막걸리를 나누는 마음으로

feat. 전남 신안 관매도 야영장

—12시 배 놓쳤는데 오늘 관매도 갈 수 있는 방법 없지? 다른 섬
에서 들어가는 방법은?

— 없지.

수백 번 섬을 여행한 섬 전문가라 해도 이미 놓친 배를 잡
아줄 순 없었다. 머리맡에는 어제 읽다 잠든 『섬에서의 하룻
밤』이 그대로 놓여 있다. 책을 쓴 나의 캠핑 구루 김민수 작
가에게 외연도, 굴업도와 함께 '3대 블랙홀 섬'으로 관매도

를 추천받았으나, 알람을 꺼버리는 통에 배를 놓쳐버렸다. 지금 당장 400킬로미터 거리를 운전해도 배 시간에 맞게 진도항에 도착할 수는 없었다. 결국 다음 날에야 마주한 진도항 대합실. 발권을 마친 후 배낭을 메고 일어서는데 진도항 매표소 창구에서 다급한 목소리가 들린다.

"엇! 저 빼고 가족 모두 신분증 없는데요?"

"그럼 얼른 저기 기계로 가서 등본 떼세요!"(매표원)

10분 뒤면 배는 떠나는데, 어머니 포함 가족 셋을 데리고 왔다는 흰색 원피스의 여인은 파랗게 질려 있었다. 간만에 떠나온 여행일 텐데 그녀는 10분 안에 세 명의 서류를 다 뗄 수 있을까.

내가 어제 배를 놓친 탓일까, 그녀가 아침부터 서둘렀을 가족여행을 망칠까 봐 보는 내가 다 불안했다.

어느덧 출발 5분 전! 남 걱정할 때가 아니군. 배낭을 멘 채 관매도행 배를 향해 줄달음쳤다. 크레모아 선풍기와 스노우피크 컵이 서로 하이 파이브를 하며 철컥거린다. 집채만 한 배낭을 멘 채 헐레벌떡 배로 뛰어오른 내게 사람들의 시선이 가득 쏟아진다. 하아, 크롭티를 괜히 입었나. 그렇지만 더운 걸 어떡해.

대합실에 배낭을 내려놓고 캔맥주를 든 채 사람이 적은 3층
으로 향한다. 그러나 또다시 사람들의 눈길이 느껴진다. 아
니, 아맥(아침 맥주)이 그렇게 이상해? 맥주 캔을 가방으로 가
리면서 소심하게 홀짝이던 그때, 뭔가 머리 주변에서 팔랑
거리는 게 느껴진다. 마트에서 급하게 산 모자의 태그를 떼
지 않았던 것이다. 그제서야 이상할 정도로 쏟아지던 사람
들의 눈길이 이해가 간다.

배는 조도와 관사도, 소마도와 모도, 대마도大馬島 등 5개
의 섬을 거치고 나서야 관매도에 닿았다. '국립공원 1호 명
품 마을'이란다. 무려 '국립'과 '명품'이라는 명사가 함께 붙
어 있다. 국토해양부가 다도해해상국립공원에서 가장 아름
다운 섬으로 지정한 관매도는 야영장 솔숲마저도 산림청이
주관하는 '아름다운 숲' 대상을 받았다. 일말의 불안도 없이
잘 자란 엄친아, 1등을 놓치지 않는 섬만의 여유롭고 고급진
바이브. 선착장에서 500미터 정도 걸으면 야영장에 도착하
는데, 야영장 운영 시즌이 아닌데도 깔끔하게 정비된 화장
실과 개수대를 오픈해 객들을 배려했다.

나보다 하루 먼저 입도, 배를 놓친 나를 기다린 A를 만나

얼음과 캔맥주 등 보급품을 전달했다. 그리곤 관매도 특산물인 쑥 막걸리를 사러 '선미네집'으로 향했다. 선미네집 할아버지는 막걸리를 사러 온 우리에게 시원한 수박부터 쥐여 주었다.

"와아, 너무 맛있다! 직접 키우신 거예요?"(A)

"사 왔어, 허허."(할아버지)

"한데(덮거나 가리지 않은 곳)서 자?"(할머니)

"네, 텐트 치고요."(나)

"에이, 어떻게 자, 무서워 갖고!"(할머니)

"나쁜 사람 없잖아요(웃음). 여기 쑥으로 막걸리 담그신 거예요?"(나, A)

"천지가 쑥이여. 해풍을 맞아서 맛이 좋아. 뒤끝도 없고 다음 날 머리도 안 아프고."(할머니)

한데서 자는 처자 둘을 걱정하는 선미네 할머니에게 막걸리 한 되를 사 들고 텐트로 향했다. 진한 쑥 향기와 함께 어우러진 신맛의 막걸리에서는 특유의 감칠맛이 올라왔다. 막걸리를 한 잔 두 잔 마시면서 서서히 불타오르는 우리 얼굴처럼 관매 해변의 서쪽 하늘도 빠른 속도로 불타오르기 시작했다. 구름 사이사이 수류탄처럼 해를 숨겨 놓았다가 때가 되어 한날 한시에 하늘 전체로 폭발시키는 느낌이랄까.

선미네집 할아버지 말대로 막걸리를 됫병으로 마셨는데도 다음날 숙취는 1도 없었다. 해풍 맞고 자란 쑥이라 그런가. 크루아상으로 아침을 먹은 뒤 바다로 뛰어들었다. 아, 근데 샤워할 곳이 있었나? 수영을 마친 우린 야영장에서 100미터 거리 민박 식당으로 향해본다.

"사장님, 혹시 여기서 샤워 좀 할 수 있을까요? 요금 드릴게요."

"아, 여기 우리 씻는 덴데, 여기서라도 할래요?"

그녀를 따라 들어간 곳은 식용유가 가득 쌓여 있는 창고였다. 일어서면 국자와 가위가 걸려 있는 뻥 뚫린 창 너머로 소주에 백반을 드시고 있는 손님들이 보였다. 무슨 얘길 하는지 소상하게 알 정도로 가깝다. 그들이 창고 가까이 오면 내 궁둥짝을 볼 수도 있을 거다. 식용유 박스 옆에 쪼그려 앉아 샤워를 할 뻔한 위기를 극복하고 화장실로 간 우리는 바닷물을 헹궈내며 길게 킬킬댔다.

"야, 비누칠하다가 실수로 일어서면 손님들 안구 테러다."

머리를 말린 뒤에는 어제 재료 품절로 실패했던 관매도 톳 칼국수 먹방에 재도전했다.

"밀가루에 톳이 들어가면 찰기가 없어지기 때문에 반죽해 놓고 하루 동안 숙성시켜요."

지금도 매일 톳 가루를 넣은 밀가루를 반죽하고 숙성시켜 내놓는다는 톳 칼국수 사장님은 옷 한 벌당 수백 번을 재단하는 왕실 재단사처럼 결연하게 반죽 앞에 손을 모았다. 자신의 철학대로 시간을 들여 기꺼이 완성해 낸 것들은 옷이든 음식이든 장인 정신이 서려 있는 법. 그녀의 조언대로 칼국수 위에 톳 장아찌를 얹어 먹어본다. 톡톡 터지는 신선한 톳의 맛이 숙성을 거친 칼국수의 면과 명쾌한 컬래버레이션을 이룬다.

'야, 이런데 쑥 막걸리를 어떻게 안 시키냐.'

A와 나는 마운드에 선 투수와 포수처럼 빠르게 수신호를 주고받은 뒤 막걸리를 주문한다. 거친 손으로 무쳐낸 아주머니의 기본 찬만으로도 막걸리는 쭉쭉 들어갔다. 그때 옆 테이블에서 백반을 먹고 있던 여행객 부부의 시선이 느껴진다. 아까부터 우리 테이블 위에 놓인 쑥 막걸리 병을 흘깃흘깃 보던 차였다. 남편으로 추정되는 남자가 말한다.

"여보, 저거 다 마시면 당신 못 알아보겠는데. 사장님, 막
걸리 반 되는 없지요?"

안 먹어본 술을 맛보고 싶은 저 심리는 내가 잘 알지, 한
잔 드릴까. 하지만 A가 팔꿈치로 날 말린다.

'왜 그래? 남을 것 같은데.'

나는 눈빛으로 말했다.

부부가 계산을 마치고 나가려 할 즈음이 되어서야 A가
술잔을 건넨다.

"맛이라도 보실래요?"

"고맙습니다! (꿀꺽꿀꺽)" (아내)

"맛있네!" (남편)

부부가 나갈 즈음에야 A가 술을 늦게 건넨 이유를 알았
다. 식당에서 돈을 받고 파는 막걸리를 옆 손님과 나누는 것
을 식당 주인이 껄끄러워할까봐였다는 걸. 주인 사정은 고
려하지 않고 술만 나눠 마시겠다는 내 어쭙잖은 인류애로
섬 장사에 누를 끼칠 뻔한 나를 A는 그렇게 구해주었다. 부
부는 해풍 맞고 큰 쑥 막걸리를 맛보아서 즐거웠고 우린 술
을 나눠 마시며 뿌듯했다.

둘러앉아 함께 불을 쬐고 막걸리 한 되를 나누어 마시는 마음. 모닥불과 막걸리는 나누어도 줄어들지 않는다. 배는 놓쳤지만 섬에서 평생을 살아온 노부부에게 수박을 얻어먹고, 칼국수 사장님의 샤워실을 빌졌으며, 그것을 쑥 막걸리로 남에게 보시하는 여행. 배 안에서 관매도로 들어갈 때 만났던 흰색 원피스의 그녀를 다시 만났다. 그녀 역시 가족 여행을 무사히 마쳤나 보다.

읽다 만 『섬에서의 하룻밤』을 다시 펼친다. 다음에 관매도를 찾으면 30년 사진 기자로 생활하다 바다를 실컷 찍어보고 싶어 항해사가 됐다는 선장도 만나고, 말린 생선을 식칼로 잘라 고추장과 함께 내어준다는 섬 집 슈퍼에도 가봐야겠다. 조도 면장 딸이 어쩌다가 쪽배를 타고 관매도로 시집왔는지 그 사연도 들어봐야지. 여행을 한다는 건 어쩌면 읽어주길 원하는 일기를 쓰는 일일지도 모르니까.

"이러시는 이유가
있을 거 아니에요?"

feat. 인천 강화 동검도 노을 캠핑장

"지금 타프 치자." (나)

"에이, 누나 비 안 와요. 뉴스에 비 안 온다고 했어요. 타프 안 쳐도 돼요." (C)

하지만 녀석의 확신에 찬 목소리는 5분도 지나지 않아 귀를 때리는 사나운 소나기 소리에 지워졌다. 미리 타프를 치자고 했을 때 계속 술잔만 부딪히던 C의 모습이 구멍 사이로 쏟아져 내리는 빗물에 겹쳤다. 짜증의 열기가 빗줄기를 뚫고 스멀스멀 피어오른다.

영롱했던 은빛 병어회와 쌈장 위에도, 12년을 숙성한 쿨 일라(43%, 700㎖) 위스키가 담긴 내 술잔 속에도 굵은 빗방울이 후두둑 떨어졌다. 나 같은 반反 피트 파에게도 거부감이 적은 적당한 스모키함과 시트러스 향을 지닌 스코틀랜드 아일라섬의 싱글몰트 위스키가 속수무책으로 비에 희석되는 걸 바라보며 난 폭풍우를 만난 선원처럼 이리 뛰고 저리 뛰었다.

그러나 눈을 뜨기도 힘들 정도로 들이치는 빗방울 때문에 타프 설치가 쉽지 않다. 그러자 이미 낮에 타프 설치를 마친 옆 사이트의 여성이 외친다.

"자기야, 가서 도와드려."

"남자분 있잖아?"(남편)

그러나 그 남자 분이 폴대를 꽂을 위치도 찾지 못해 허둥대며 새 타프를 처음 쳐 보는 나와 환장의 복식조를 이루자 결국 옆 사이트의 홍 반장들이 달려 와 빗속에서 함께 타프를 쳐주었다. 와아, 천사세요?

홍 반장들의 도움으로 겨우 타프를 친 우리. 그런데 타프에 고이는 빗물의 무게가 심상치 않다. 정수리에 잔뜩 비를 머금은 타프가 벌에 쏘인 엉덩이처럼 땡땡하게 부어 오른

것. 그때 갑자기 일어난 C가 내 만류에도 불구하고 잔뜩 성
난 타프의 둔부에 정확히 폴대를 갖다 댄다. 그 순간 터질 듯
잔뜩 팽창해 있는 타프가 기다렸다는 듯 찌직! 소리를 내며
찢어졌다. 사랑이 '창밖의 빗물' 같다면, 증오는 찢긴 타프
사이로 새는 빗물이었다. 물에 젖은 병어 맛이야 말해 무엇
하리.

불운을 끌고 다니는 C의 행보는 그 뒤로도 이어졌다. 타
프 구멍 사태가 일어난 얼마 뒤, C를 포함한 지인들과 함께
방문한 포천의 한 캠핑장. 나무에 해먹을 걸고 얼음장 같은
계곡물 속에 수박과 이동막걸리를 옹기종기 눕혀 놓을 때만
해도 신이 난 나는 콧노래를 흥얼거리고 있었다. 다음 날 아
침 사이트를 정리하다 차 키가 사라졌다는 사실을 알기 전
까지는 말이다. 함께 온 친구들이 혈흔을 찾는 CSI 요원들
처럼 파쇄석 사이사이를 뒤지고 화장실과 개수대를 오가며
한 시간 넘게 바닥을 훑었지만 차 키는 끝내 찾을 수 없었다.

아아, 알립니다! 한 캠퍼분이 차 키를 분실했다고 하시는데, 혹시
바닥에 자동차 키 보시면 사무실로 가져다주시기 바랍니다!

어린 시절 운동장에 에코로 메아리치던 교장선생님 훈화 말씀처럼 캠핑장 전체에 내 차 키 분실 소식이 우렁차게 울려 퍼졌다. 그러나 차 트렁크를 두 번이나 까뒤집고, 파쇄석 하나하나를 뒤졌는데도 자동차 열쇠는 온데간데없었다. 아, 어제 계곡물에 발 담그고 맥주 마실 때 떨어뜨린 건가.

그때 또 C가 손을 번쩍 든다.

"누나! 나 옷걸이로 차 문 따는 거 전문이야. 너무 잘 따서 차 바닥에 옷걸이를 아예 붙이고 다니잖아요. 문 따주면 나 소개팅 해줘야 해요!"

C는 한 손엔 칼, 다른 손엔 코란을 들고 중남미를 공략하던 13세기 이슬람교도처럼 패기 넘치는 태도로 일자 옷걸이와 가위 날을 양손에 들고 내 차로 걸어갔다. 그리고 문과 유리 사이를 거칠게 공략했다. 그러나 초보 전업사 사장님처럼 뒤꿈치까지 들고 창문에 붙어 낑낑대던 C의 하찮은 손 기술로 열리기엔 내 신형 SUV는 과하게 튼튼했다.

긴 시간 용을 쓰던 C는 차 유리에 부서진 고무 실리콘 조각들과 수많은 스크래치만 남긴 채 숨을 헐떡이며 뒤로 물러났다. 영원히 물 건너간 자신의 소개팅과 함께.

결국 자동차 보험 긴급출동 차량이 캠핑장에 도착했고, 견인차에 코가 꿰인 내 차는 앞바퀴가 들린 채 쓸쓸하게 집까지 끌려갔다. 나는 조수석에 앉아, 걱정되면서도 웃음을 감출 수 없는 표정으로 배웅하던 친구들에게 쓸쓸히 손을 흔들었다.

견인차 기사님은 울적한 내 표정이 신경 쓰였는지 연신 말을 걸어주신다.

"캠핑장에 배터리 방전 때문에 출동한 적은 많았어도 키 분실로 출동한 건 처음이네요. 뭐 그럴 수 있죠, 하하!"

그는 서울로 오는 90분 동안 뷰 좋고 시설 깨끗한 포천의 캠핑장들을 여럿 추천해 주었다. 그러나 캠핑장 내 모든 방문객들의 호기심 어린 시선을 받으며 무려 15만 원의 견인비를 내고 끌려온 내 귀에는 아무 소리도 들리지 않는다. 들뜬 잇몸처럼 너덜거리는 차 문 실리콘을 보니 내 잇몸까지 들뜨는 것 같았다. 침통한 마음으로 집에 도착해 스페어키로 문을 열고 트렁크 바닥까지 다시 헤집는다.

그런데 저건 뭔가. 쿨러백 옆 주머니에서 까맣게 빛나고 있는 저것은. 바로 잃어버린 차 키였다! 술에 취한 전날 밤, 잘 챙겨둬야겠다는 생각에 눈앞에 있던 쿨러백 주머니에 차

키를 넣어 놓은 것이다. 난 내 몹쓸 기억력과 헤집어 놓은 차 트렁크를 보며 자괴감에 빠졌다가, 스크래치 범벅인 차 유리를 보고 몸서리를 쳤다가, 보험사에서 날아온 견인비 결제 문자를 보고 또 한 번 몸을 부르르 떨어야 했다.

구멍이 점점 커지는 타프와 만신창이가 된 차를 보며, 아프리카 부두 인형처럼 옆에 가기만 해도 불운한 일이 생기는 C와의 캠핑을 인제 그만 끝내야겠다고 생각했다. 천막부터 차까지 그의 손이 닿는 족족 탈이 난 나의 물건들을 돌아보라.

하지만 이젠 안다. C의 그 모든 행동은 빗물을 덜 고이게 하려는 소박한 바람과 문을 딸 수 있다는 과도한 자기 효능감에서 비롯된 선의에서 시작됐을 것이라는 걸. 그리고 이 모든 일의 저변에는 C를 선택한 나의 불찰이 있었다는 것을. 좀 귀찮더라도 내가 미리 타프를 쳐놨다면 어땠을까. 전날 캠핑장에서 술을 적당히 마셨다면 과연 차 키를 분실(했다고 생각)했을까. C가 내 타프를 찢어먹고, 스크래치를 100만 개 냈더라도 어쨌든 검증되지 않은 뒷골목 정비사에게 물건을 맡긴 것은 나의 선택이었다.

타인을 빌런으로 만들긴 쉽다. 그러나 내 안에 똬리를 튼 의존성이나 게으름 같은, 숨은 빌런을 인정하긴 어려운 일이다. C와의 캠핑에서 얻은 건 세 가지였다. 첫째, 타프는 빗방울이 떨어지기 전 미리미리 쳐 두자. 둘째, 자동차 키는 사코슈나 주로 입는 옷 주머니 등 정해둔 위치에서 되도록 옮기지 않는다. 셋째, 병어회에 쿨일라 위스키의 조합은 비를 맞았어도 천상의 맛이라는 것.

지름길 대신 만난 암릉과
천상의 마블링

feat. 전북 부안 내소사 캠핑장

#운동하는여자 #오운완이 태그된 사진 속에서 '100대 명산'이라고 적힌 수건을 들고 있는 SNS 속 누군가의 사진이 무척이나 건강해 보인 게 이유라면 이유였다. 캠핑장에 짐을 푼 후 100대 명산 중 하나인 내변산을 올라가 보기로 마음먹은 것은 순전히 그 사진 한 장 때문이었다. 내변산 관음봉 444미터. 이 정도 높이는 껌이지 뭐. 하지만 그땐 몰랐다. 내변산은 '쇠뿔바위봉' 같은 무시무시한 이름을 가진 암릉과 뾰족한 바위 절벽, 하나의 봉우리를 내려온 후 다른 봉

우리를 올라야 하는 1,000미터급 산행 코스가 즐비하다는 것을.

그렇게 난 내변산에게 레프트 훅, 라이트 훅을 얻어맞으며 산을 올랐, 아니 기어갔다. 직각의 암벽 계단과 급경사 흙길을 거쳐 겨우 도착한 내변산 관음봉 정상에서 나는 100대 명산 인증 샷을 찍기는커녕, 열꽃이 핀 얼굴을 식히느라 한참이나 가쁜 숨을 몰아쉬어야 했다. 그러고 나니 급작스러운 시장주의보가 날 찾아왔다.

꼬르륵대는 속을 달래기 위해 가마소 삼거리까지, 2.9킬로미터의 둘레길 대신 1.2킬로미터의 지름길을 택한 나비효과는 그러나 가혹할 정도로 매서웠다. 내 앞에 나타난 것은 하산하다 이 세상을 영영 하산할 것만 같은 공룡 등뼈 같은 암릉 능선. 한 사람이 겨우 걸을 수 있을 정도로 좁은 폭이었는데, 낭떠러지 양쪽으로는 칼바람이 세차게 불어왔다. 등산로처럼 보이는 길은 전혀 찾을 수 없었다. 두 손 두 발을 이용해 네발로 기어 올라가야 하는 큰 바위들 사이로 가끔 보이는 산악회 리본만이 이곳이 등산로임을 알려주고 있었다.

능선 길을 거의 구르듯 넘으며 산에서는 지도상의 직선거리가 아닌, 등고선과 지형이 훨씬 더 중요하다는 걸 뼈저리게 배울 수 있던 날이었다. 이날 핸드폰으로 찍은 사진들은 모두 다 백내장 걸린 렌즈로 찍은 것처럼 뿌옇다. 이날의 내 운명처럼.

그 순간, 등산로 입구의 현수막이 불현듯 생각났다.

〈심장 돌연사 등 안전사고 예방을 위해 무리한 산행은 자제해주시고, 일몰 전에 하산할 수 있도록 산행 소요 시간을 잘 확인하여 주시기를 바랍니다〉

등산 마니아인 아빠의 말도 떠올랐다. 산에서는 절대로 자만하면 안 된 데이.

지름길을 택했건만 하산 시간은 이미 지나 있었고, 주위는 점점 어둑어둑해졌다. 까악~ 까악~ 갑자기 까마귀가 내 머리 위를 돌며 운다. 내려간다 싶으면 다시 올라가고, 끝났다 싶으면 낭떠러지가 등장하는 거대한 바위 군을 오랫동안 오른 결과, 드디어 사람이 다니는 흙길 등산로가 나타났다. 갑자기 눈물이 핑 돈다. 아, 이제 살았구나.

하지만 물이 없다. 다섯 시간 동안의 산행을 행동식 하나 없이 500미리리터 물 한 병으로 오르다니. 총기를 분실한 신병처럼 입이 바싹바싹 말라온다. 게다가 핸드폰 배터리마저 동이 났다. '내륙의 소금강'이라 불리는 직소폭포의 청아한 에메랄드빛 용소를 볼 때의 여유는 일찌감치 사라지고, 자괴감과 공포감이 어둑해지는 산길 속에서 나를 휘감는다.

그때, 저 멀리 숲속에서 반짝! 하얗게 반사되는 뭔가가 보인다. 가까이 다가가 보니 물이 반쯤 든 물병이 바위 사이에서 반짝이고 있는 게 아닌가!

물통에는 물이 절반 가까이 남아 있었다. 누가 버리고 간 걸까, 혹은 나 같은 등산 애송이의 등장을 예상한 배려일까, 혹은 누군가를 골탕 먹이려 불특정 다수를 향해 뭔가 좋지 않은 것을 넣어둔 걸까. 그러나 마른 목구멍에서 피 맛이 나던 걸 느끼던 당시의 나는 크리스털처럼 영롱하게 빛나는 물병을 영화 〈인디애나 존스: 최후의 성전〉 속 성배처럼 거룩하게 집어 들었다. 그리고 누가 입을 댔을지도 모르고 숲속에 얼마나 오래 방치됐는지도 모르는 물병에 한 치의 망설임도 없이 입을 대고 게걸스럽게 마셨다. 무덤 옆 해골 물을 다디

달게 마셨던 원효대사처럼.

일체유심조一切唯心造, 모든 일은 마음 먹기 달렸다고 했던가. 조난의 공포에 시달리며 칼바람이 부는 절벽 암릉을 헤쳐오느라 다리가 후덜거리던 내게 그 물은 천상의 맛이었다. 덕분에 난 원효대사처럼 당나라 유학을 포기하고 신라로 돌아가는 대신, 캠핑장에서 애타게 날 기다리던 마블링 가득한 살치살과 재회할 수 있었다. 긴장이 풀리자 시장기가 쓰나미처럼 밀려왔다.

파키스탄 소금 광산에서 나는 천연 암염 중에서도 1퍼센트라는 히말라야 소금 불판 위에 몸을 누인 투뿔 한우 살치살은 겸허히 자신의 운명을 수용하며 82가지 미네랄이 함유된 염분을 빨아들였다. 2억 5,000만 년 전, 바다가 히말라야산맥으로 바뀔 때 만들어졌다는 소금은 베테랑 특수 요원처럼 자연스럽고도 은밀하게 고기 속으로 침투해 고기의 색감까지 생생하게 살려냈다. 히말라야 핑크 솔트와 투뿔 한우의 영롱한 만남, 남아시아와 동아시아의 극적인 콜라보는 혼자 감내해야 했던 암릉 트레킹의 공포와 피로감을 단번에 씻어 내렸다.

살치살로 놀란 가슴을 진정시키고 나니 비로소 캠핑장을 둘러싼 주변 풍경이 눈에 들어온다. 온 땅과 바다, 갯벌과 하늘을 물들인 해가 도로마저 붉게 물들이고 있었다. 변산8경에 든다는 부안 낙조다. 때마침 갯벌을 밀고 들어오는 어부의 뻘배 위에도 불꽃이 인다. 영화 〈변산〉에서 "개완허다('개운하다'의 전라도 방언. 기분이나 몸이 상쾌하고 가뿐하다는 뜻)"라고 말했던 김고은의 말간 얼굴처럼, 내 하루치의 놀란 가슴도 개완해졌다.

다음 날 아침에는 내소사 전나무숲을 걸었다. '다시 살아나다'라는 내소사來蘇寺의 뜻이 조난 위기를 겪은 어제 이후로 새삼 남다르게 다가왔다. 앞마당의 굽은 소나무와 대웅전의 아름다운 꽃살문을 바라보며 벼랑 트레킹에서 나를 안내한 산악회 리본들과 누군가의 물통을 생각해 본다. 꽃살문의 꽃들이 '어제는 많이 놀랐죠, 괜찮아요?' 하듯 봄바람을 걸러낸다.

트레킹의 후유증인지 자꾸만 발걸음이 느려진다. 등산도, 휴식도 숙제처럼 바삐 해내 온 내 삶의 속도를 한 템포 느리게 조절해 주는 기분 좋은 근육통이다. 15킬로미터에

육박하는 박배낭 역시 '빨리빨리'에 익숙해진 도시인의 속도를 조절해 준다. 그저 '걷는다', '고기가 기다린다'는 생각에 집중하다 보면 별 거지 깡깡이 같은 속세의 일은 생각나지 않았다.

절뚝일지언정 오늘도 계속 나아간다. 때론 타인이 남겨 놓은 친절이라는 물통에 입을 축여가며 말이다. 쉽게 곁을 내주지 않았던 내변산의 공룡 능선은 내게 그걸 알려주었다.

본질과 시간
첫 비박에서 얻은 생의 교훈

feat. 일본 가고시마 오키도마리 해변공원沖泊海浜公園 캠핑장

말하자면 나는 소개팅에서 우아한 이미지로 잘 어필하다가도 상대방의 농담에 웃다가 뒤통수를 벽에 찧는 스타일이다. 습자지만 한 높이 차이에도 보도블록에 걸려 넘어지거나, 양장본 책을 들고 장난치다 넘어져 쌍코피가 나는 식이다. 한껏 신이 나면 시야가 협소해지고 공간감 파악에 난항을 겪기 때문이다.

이런 이유로 '동양의 갈라파고스'라고 불리는 가고시마현 아마미 군도의 오키노에라부 섬에서도 피를 보게 된다.

우리가 묵은 오키도마리 해변공원 캠핑장은 섬의 북서쪽에 위치해 있었다. 영화 〈아바타〉속 생명의 숲에 나오는 것처럼 거대한 용 나무가 샹들리에처럼 줄기를 척척 늘어뜨리고 있는데, 우리는 그 나무 아래에서 원시 부족이 연회를 여는 것처럼 와인과 지역 소주로 파티를 신나게 벌이던 참이었다.

화장실에 가겠다며 벌떡 일어선 나는 얇디얇은 슬리퍼를 신은 채로 급하게 뛰어 가다가 잔디 위로 우뚝 솟은 캠핑 팩을 걷어찼다. 아니 정확히 말하면, 충분히 깊게 박아두지 않은 티타늄 텐트 팩이 내 발바닥을 살짝 베고 지나간 거였다. 음주로 잔뜩 팽창한 혈관은 튕기듯이 피를 뱉어냈고, 짙은 붉은색의 선혈이 진초록의 잔디 위에 뚝뚝 떨어졌다. 어라, 이 붉은 색깔…… 방금 마시던 술 색깔과 닮았는데……. 정작 나는 '에, 이거 무슨 일이지?'라며 피가 흐르는 발을 멍하니 쳐다보고 있는데 동료들이 사색이 되어 모여든다. 그들은 급한 대로 소독을 하고 손수건으로 발바닥을 지혈했다.

피를 봐서인지 더 이상 레드 와인이 당기지 않았다. 그때 와인 대신 딴 술이 바로 아마미 군도의 특산주인 흑설탕 소주 렌토Lento. 렌토는 음악 용어로 '천천히'라는 뜻이다. 사탕

수수가 많이 나는 아마미에선 보리 소주나 고구마 소주가 아닌, 수수로 만든 흑설탕을 원료로 한 증류식 소주를 담근다. 맛의 비결은 바로 음악인데, 술 저장 탱크에 특수 스피커를 부착해 석 달 동안 클래식 음악을 들려주며 소리의 울림과 진동으로 천천히 숙성시킨다고 한다.

음악의 진동이 효모의 활동을 활발하게 하고 향을 풍부하게 만든다니, 그 맛은 어떨까. 25도짜리 렌토 소주에선 설탕의 단맛 대신 깔끔한 과일 향이 느껴졌다. 목울대를 치고 지나가는 담백한 맛이지만, 그러면서도 결코 상대를 쉽게 놓아주는 맛은 아니다. 라르고^{largo}보단 무겁고 아다지오^{adagio}보다는 침착한 느낌.

흑당이 도파민 수치를 높여준 걸까. 소주가 바닥을 드러내고 불멍에 제대로 젖어 들 무렵, 난 생애 첫 비박을 해보기로 마음먹었다. 침낭 지퍼를 잠그고 밖으로 고개만 빼꼼 내밀었더니 별이 쏟아질 것처럼 빽빽하게 뜬 밤하늘이 침낭까지 들어올 것만 같다. 피가 멎은 발은 그때까지 들이부은 알코올의 시너지를 받아 더 많이 욱신거렸다. 하지만 오키노에라부 섬의 아름다운 밤하늘은 발바닥에서 시작된 그 욱신

거림을 심장의 두근거림으로 바꿔놓았다. '욱신욱신'에서 '두근두근'으로의 감각적인 변화. 그때 결심했던 것 같다. 아, 난 이 짓을 계속하겠구나.

새벽 2시경, 뭔가 다가오는 듯한 바스락 소리에 잠이 깼다. 침낭 가까이로 뭔가 기어 오는 듯한 느낌도 든다. 괴생명체와 나 사이엔 한 겹의 얇은 침낭뿐. 뭐지? 이 섬엔 멧돼지나 뱀도 없다고 했는데. 옆에서 함께 비박을 하던 선배를 급하게 불러 본다.

"선배, 자요?"

"아니."

"무슨 소리 안 나요?"

"안 나는데."

(5분 뒤) "자요?"

"아 잔다고! 아무 소리도 안 나는구만, 빨리 자!"

구 남친도 아닌데 새벽 2시에 '자니?' 공격을 수차례 당한 선배는 더 이상 말이 없다. 갑자기 이 해변에서 찍었다는 영화 〈고질라〉가 떠올랐다. 고질라에 버금가는 괴이한 생명체가 내 침낭을 찢어발기는 악몽이 떠올라 다시 다급하게 선배에게 '자요?' 공격을 했지만 말없이 코 고는 소리만 돌아온다.

치과 스케일링을 하기 전 손에 쥐여 주는 인형처럼 무서움을 없애려 마신 빈 소주 팩을 꽉 쥔 채 잠든 것 같다. 침낭에서 몸을 절반만 빼낸 채 떠오르는 해를 본다. 괴생명체와 대치하며 두려움을 이겨내고 성공한 비박이 나를 인간 렌토 소주로 숙성시킨 걸까. 정체 모를 생명체의 부스럭대는 소리는 나를 자연 속에 절이기 위한 클래식 음악이었나? 몸을 일으켜 모닝커피를 마시며 일출을 보니 마치 수십 년 비박을 해 온 캠퍼처럼 콧구멍이 벌렁댄다.

어제의 부상으로 욱신거리는 발을 등산화 속에 욱여넣고 걷기 시작한다. 오늘은 렌토 식으로 천천히 걸어본다. 물론 이 느린 여정에는 내 찢어진 발바닥이 한몫했지만. 하지만 덕분에 우린 길가에 멈춰 서서 산딸기를 따 먹고, 버섯구름처럼 생긴 나무 사진을 찍으며 더 여유롭게, 쉬엄쉬엄 걸을 수 있었다. 렌토 템포로 배낭의 무게와 땅의 질감을 그대로 느끼며 힘들면 배낭을 던져버리고 흙바닥에 벌렁 드러누워 쉬기도 하며.

잠결에 팩을 박다가 손을 다쳤던 울릉도, 먹이를 쥔 채 고양이와 밀당을 하다가 손가락에 피를 본 굴업도, 그리고 급하게 내달리다가 발바닥이 찢어진 오키노에라부 섬. 인생에서 피를 보는 것은 내가 대부분 앞만 보고 달리느라 중요한 것을 빼먹는 순간에 발생했다. 내가 고양이와 충분히 교감을 했다면, 바람이 불기 전 미리 충분히 깊게 텐트 팩을 박아 두었다면 어땠을까. 살다 보면 흑설탕 소주처럼 숙성되는 데 시간이 필요한 일들이 많은데 말이다.

내게 캠핑은 인생이라는 저장 탱크에 설치한 느린 클래식 음악 스피커와 같다. 시간을 들여 불을 피우고, 바람과 햇빛의 방향을 계산해 타프를 치고, 다음 날 같은 시간을 들여 그 모든 장비를 다시 걷어야 하는 캠핑은 속도가 생명인 현대사회에선 무용한 취미 생활이다. 배낭의 무게를 두 다리로 온전히 감당하는 백패킹, 맨몸으로 자는 비박은 또 어떤가.

그럼에도 인생이라는 술이 제대로 익어가기 위해서는 '빠른 속도'라는 자동화 벨트에서 잠시 날 내려놓고, '본질'이라는 효모를 빼놓지 않고, '시간'이라는 숙성이 더해져야 한다는 것을 오키노에라부 섬의 캠핑은 내게 알려주었다.

핸드폰 사망과 야생동물 방문 폭우의 쓰리 콤보

feat. 캐나다 온타리오 브론테 크릭 주립공원 캠핑장

몸과 마음이 많이 지쳐 있던 2015년, 토론토에 살고 있던 K가 온타리오 주립 공원으로의 단풍 캠핑을 제안했다. 나이아가라 폭포와 함께 토론토 4대 관광지에 들어가는 알공퀸 파크Algonquin Park는 운 좋으면 비버, 엘크, 늑대와 곰까지 볼 수 있는 캠핑 명소라며 꼬드겼다. 그러나 코리안 직장인의 짧은 휴가에 친구의 집에서 알공퀸까지 400킬로미터, 4시간 가까이 이동하는 것은 아무리 생각해도 무리였고, 결국 차선책으로 택한 곳이 50분 거리 근교의 브론테 크릭 주립

공원Bronte Creek Provincial Park이었다. 쉐보레 렌터카를 몰고 예약해 둔 캠핑장으로 향할 때까지만 해도 둘의 텐션은 높은 캐나다 하늘의 공활함을 찌르고도 남았다. 그땐 몰랐지. 여행 첫날 내 신상 핸드폰이 캐나다의 한 도로 위에서 명을 다할 줄은.

"꺄악!" 픽!

조수석 창문을 열고 휴대폰으로 풍경을 찍었던 것까지는 기억이 난다. 하지만 창밖으로 휴대폰이 떨어진 순간이나, K가 비상 깜빡이를 켜고 차를 세운 순간은 기억나지 않는다. 부서진 내 휴대폰 위로 차들이 굉음을 내며 지나가는 것을 비현실적인 팝아트 보듯 멍하게 보기를 몇 초. 먼저 정신을 차린 친구가 수신호로 다른 차들을 보내고 갓길에 차를 세웠다. 차에서 내려 조심스레 다가간 사고 현장은 처참했다. 케이스에서 빠져나온 카드, 깨진 본체 등 핸드폰 잔해물을 수거한 친구가 천천히 내게 그것들을 내민다. 균일하게 잘 깨진 휴대폰 액정처럼 내 멘탈도 부서졌다.

어쩌겠는가. 급한 대로 K의 집에서 찾아낸 수십 년 된 공기계에 내 유심을 갈아 끼웠다. 하지만 우여곡절 끝에 도착한 캠핑 사이트는 내 기대와는 전혀 다른 모습이었다. 『내셔널 지오그래픽』에서 보던 것처럼 곰이 기지개를 켜며 어슬렁거리며 나올 듯한 숲, 영화 〈늑대와 춤을〉에서 케빈 코스트너가 말을 타던 장엄한 고원을 기대했건만, 나무들은 단풍은커녕 채 물들지도 않은 풋내만 피우고 있었다. 게다가 야생 느낌이 아닌, 생각보다 더 평이했던 사이트는 내 평정심을 2차로 무너뜨렸다. 그렇게 캠핑장을 몇 바퀴 돈 지 30여분. 곰은 아니라도, 곰 새끼는 나타날 만한 빽빽한 숲속 사이트 하나를 겨우 발견할 수 있었다. 그런데 짐을 풀고 텐트와 냄비를 꺼내려는 찰나 이게 웬일, 갑자기 타프를 뚫을 듯한 세찬 폭우가 쏟아지는 것이 아닌가.

비 맞으면서 이 고생을 왜 하냐, 집으로 돌아가자 vs 그래도 여기까지 왔는데 캠핑하자!

나와 K는 〈적벽대전〉 속 손권과 조조처럼 팽팽히 맞붙었다. 그때 우리의 분쟁을 해결한 것은 내 단전 깊은 곳에서부터 올라오는 꼬르륵 소리. 서로의 생체 신호를 감지한 우리는 잠시 휴전을 한 채 주춤주춤 고기를 꺼내 들었다.

"어차피 이거, 지금 안 먹으면 상해."

우리는 영자신문으로 불쏘시개를 만들어 불을 붙였다. 고기가 익을 동안 석쇠에 구운 소시지를 빵 사이에 끼워 겨자소스를 뿌리고 라면을 끓여 페일 에일 맥주와 함께 들이켰다. 초를 켜 테이블 위에 세팅하고 마시멜로를 구워 입에 쏙 넣었더니 집에 가자는 내 말도 쏙 들어가 버렸다. 때맞춰 비도 거짓말처럼 멈췄다. 온타리오의 하늘은 그제야 팔을 벌려 감춰둔 아름다운 별을 꺼내 보여주었다. 아옹다옹 다투던 K와도 맥주 네댓 병을 비우니 서로 배시시 웃으며 모든 게 괜찮아졌다.

그러나 이도 잠시, 얼마 후 취침을 위해 텐트로 들어간 우리의 귀에 갑자기 부스럭 소리가 들린다. 풀숲에서 테이블로 향해 오는 묵직한 발의 무게감은 분명 사람의 것이 아니었다. 곰인가? 한국 캠핑장이라면 말도 안 되겠지만 여긴 몸무게 800킬로그램에 달한다는 무스나 늑대, 곰도 가끔 나타난다는 단풍국이 아닌가. 부스럭부스럭 캠핑 테이블 위를 뒤지는 움직임이 점점 격렬해진다. 호랑이한테 물려가도 정신만 차리면 산다고 했는데 곰에게 물려가면? 캄차카 쿠릴 호수에서 야영을 하다가 불곰에게 습격당해 유명을 달리했던 일본의 어느 사진가가 떠오른다.

한국처럼 몇 미터 옆에 다른 일행이 있는 캠핑장과는 달리, 사방 수백 미터 옆에 아무도 없는, 누가 어디서 뭘 하는지 모를 정도로 넓은 캠핑장에서 가드가 있는 컴포트 스테이션까지 뛰어가다가는 곰의 밥이 될 것이다. 괜히 깊은 숲속으로 사이트를 옮겼어…… 후회가 파도처럼 밀려들었다. 곰을 만나면 죽은 척하랬지. 우린 숨을 멈추고 얇은 침낭을 부여잡은 채 얼음땡에 돌입했다. 그러기를 몇 분여, 텐트 앞을 기웃거리던 정체불명의 발소리는 서서히 멀어져 간다. 텐트 지퍼를 1초에 2밀리미터씩 열며 밖을 살폈다. 그 순간 풀숲에 숨은 두 개의 빛나는 눈동자와 눈이 마주쳤다.

"헉, 아직 있어!"

우린 빛의 속도로 다시 지퍼를 닫았다. 곰이라기엔 작고 늑대라기엔 컸다. 녀석도 놀란 모양이었다. 어쩌면 오소리나 살쾡이였을 수도 있다. 공포는 그 실체를 부풀리기 마련이니까.

위스키로 놀란 가슴을 달래며 꾸역꾸역 요의를 참던 우리는 새벽녘에야 미친 듯이 화장실로 달음질쳤다. 그곳에서 마주친 관리인은 어깨를 으쓱하며 "아주 가끔 길 잃은 새 끼 곰이 내려오지만 아마 아닐 거야"라며 동네 강아지 말하듯 우리에게 전했다.

캠핑장으로 돌아와 건포도를 넣은 오트밀로 아침을 먹은 후 공원 내 트레일을 돌았다. 사망한 내 신상 핸드폰 대신 친구의 구형 폰으로 찍은 당시 사진들은 죄다 흔들리거나 비에 젖은 얼룩으로 가득하다. 하지만 왜일까. 빗방울을 머금은 나뭇잎의 색깔, 거대한 나무들 아래 놓인 우리의 텐트, 새 소리와 모닥불이 타닥거리는 소리 외에는 아무것도 들리지 않던 그 공기를 나는 몇 년이 지난 지금도 뚜렷이 기억하고 있다. 곰을 경계하는 동안 오감이 열린 건가?

생각해 보면 기자로 일하는 동안 나는 모든 순간을 활자와 사진으로 담아두려고 늘 종종거렸다. 사진을 찍느라 풍경은 보지 못했고, 여행을 가서도 누군가를 인터뷰하고 메뉴판을 찍느라 늘 식은 음식을 먹어야 했다. 그러나 어느 것 하나 처음 계획하고 마음먹은 대로 흘러가는 법이 없었던 브론테 크릭 캠핑장에선 달랐다. 이미 깨진 휴대폰을 꺼내 들 일이 없으니 내 앞에 앉은 사람과 더 길게 얘기할 수 있었고 덕분에 더 많이 웃을 수 있었다. 더 오랜 시간 온타리오 하늘의 별을 눈에 담을 수 있었다.

핸드폰 사망과 야생동물의 방문, 폭우 캠핑이라는 쓰리 콤보를 함께 겪은 K와 나는 공항 출국장에서 서로를 향해 씨익 웃으며 헤어졌다. 토론토에서의 캠핑은 자주 불편하고 때론 엉망이었다. 미지의 생물과도 마주하며 오싹한 공포도 경험했으니 말 다했다. 아무튼 그때의 캠핑은 앞으로 펼쳐 질 내 캠핑 라이프를 미리 시뮬레이션 하는 마이크로 어드 벤처micro adventure가 되어주었다. '힘든 캠핑'은 있어도 '나쁜 캠핑'은 없다. 토론토에서의 캠핑은 내게 그걸 알려줬다.

보여줄게~ 완전히 달라진 나
보여줄게~ 훨씬 더 예뻐진 나

불행한 거, 그거 어떻게 하는 건데

"엇, 오랜만이다?"

룸메이트인 친언니와 오늘도 반갑게 인사를 했다. 집에서 얼굴을 보는 건 2주 만인가. 영화 〈소공녀〉의 주인공처럼 배낭과 백패킹 장비를 차에 싣고 다니며 출장과 여행 사이를 종횡 질주하는 동안, 내게 집은 '잠깐 다니러' 가는 곳이 됐다. 〈소공녀〉 속 미소(이솜 분)의 대사를 버무려 보자면 나는 "집이 없는 게 아니라 여행하는" 거였다. 주인공은 서촌에 위치한 바 코블러에서 마시는 글렌피딕 한 잔과 담배, 남자 친구만 있으면 만족할 수 있다고 했지만, 비흡연자인 난 그걸로는 충분하지 않았다. 그럼 뭘 더 해야 하는 걸까.

픽! 순간 집이 갑자기 정전됐다.

"정전이야?"(언니)

"아니, 우리 집만 그런데?"(나)

오랜 장마에 언니 역시 출장으로 며칠 집을 비운 결과, 창문으로 들이친 비가 콘센트에 들어가 합선으로 퓨즈가 나간 거였다. 성냥으로 촛불을 붙이며 생각했다. 합선으로 전기가 켜지지 않는 집과 뜨거운 폭염 속 텐트 중 어떤 것이 나을까.

내가 삼복더위에 배낭을 메고 다니며 바깥에 집을 짓게 된 계기는 뭘까? 멋들어져 보이는 취미 생활에 시간을 소비하는 지인들의 모습이 부러웠던 난 20~30대 당시 여러 가지를 배운다. 사이코 드라마, 포켓볼, 카약, 스쿠버 다이빙, 와인, 서핑, 등산…… 단조로운 회사원 생활에 변화를 주고자 이것저것 시작한 취미 생활은 오히려 하나에 깊이 빠질 수 없게 했고, 난 점점 좋아하는 것이 뭔지 모르는 사람이 되어 갔다. 평일엔 회사원 코스프레를 하느라 휴가 기간에 여행을 몰아서 가야 했던 나는 동창과의 유럽 배낭여행도, 후 배와의 오지 여행도, 동생들과의 다이빙 여행도, 파워 J인 그네들의 계획표에 숟가락만 얹어 왔던 것이다. 기자로서 가는 팸투어 역시 주최사가 짜놓은 동선대로 움직였고, 기사를 쓰기 위한 목적 외에 정해진 곳을 벗어나 여행하거나 다른 선택을 끼워 넣기 힘들어 수동적이 될 수 밖에 없었다.

이에 비해 머물 곳과 식당을 직접 정하고, 가볼 곳의 동선과 회사에 제출할 휴가계를 짜며 여러 가지 선택들을 하게 만드는 '여행'은 좀 더 능동적이다. 의식주를 모두 짊어지고 떠나는 캠핑은 그 여행의 카테고리에서도 더 많은 것을 혼자 스스로 선택하고 자연에 더 가까이 부딪히게 만들었다.

그러니까 캠핑은 뭔가를 선택하는 일의 연속적 총합이었다. 장거리 운전을 하기 위해서는 전날 술 약속을 잡지 않아야 했고, 홀수인지 짝수인지 배를 타는 날짜와 항해 시간까지 계산하며, 항구에서 야영지까지 이동할 동선과 가서 먹을 음식의 양까지 계획해야 했다. 스스로 여행의 모습을, 그리고 연결고리를 만드는 행위를 계속해 나가는 건 생각의 그릇을 키워준다는 것을 캠핑을 하며 알게 됐다.

오직 혼자 짊어져야 하는 배낭이 있다는 것은 가끔은 버겁고 외롭기도 하지만, 머무는 시간과 공간을 온전히 나의 선택으로 만들어갈 수 있다는 건 마음에 새로운 생기를 부여했다. 기자라는 사회적 페르소나로 무장한 채 여행도 일처럼 해온 나를 캠핑은 손쉽게 무장 해제시켰다. 캠핑장에선 만성적인 허리 통증이나 피곤함에서 비롯되는 예민함, 화장으로 숨긴 노화 등 서로가 집에 두고 나오기로 결정한 것들을 다 내보일 수밖에 없다.

캠핑장에서는 화장실에 갈 때마다 별을 볼 수 있었다. 텐트에 붙은 벚꽃잎으로 봄과 이별하며, 늦겨울에 올라오기 시작한 청보리가 4월에 무릎까지 올라오고, 텐트 옆으로 날아가는 반딧불을 직관하는 기분이란 형용할 수 없다.

책을 읽거나 노트북에 뭔가를 적는 등 카페에서 사람들이 자신의 일을 열심히 하는 것을 보는 것을 좋아하는 편이다. 예쁘고 잘 생기고를 떠나 자신이 좋아하는 뭔가에 열중하고 몰입한 이들의 표정은 너무나 매력적이었다. 그래서 캠핑을 하며 그 순간에 푹 잠겨 있는 내 모습이 난 꽤 마음에 든다. 낯선 곳에서 좀 더 용기를 내고 남에게 너그러워지며, 좀 더 소탈해지려는 나를 발견하고, 큰길을 벗어나 낯선 길을 탐험하려는 내가 어여쁘다. 침낭에 누워 선문답 식으로 떠오르는 문장들을 끄적이며 한 단계씩 성장해 가는 느낌도 좋다.

비록 근처 목장에서 풍겨오는 소똥 냄새로 가득할지라도, 예상치 못한 폭우로 텐트 안에 들어오는 빗물을 퍼내야할지라도, 그래서 자다 일어나 헤드랜턴을 한 채 삽으로 빗길을 만들어야 할 지라도, 스스로 선택한 길을 걸어간다는 것은 큰 만족감을 준다.

캠핑장에서 만든 음식은 가끔씩 맛있었고, 대부분은 맛이 없었다. 그러나 내 손으로 직접 만들고 화상을 입으면서 불 피우는 법을 배워 나가며 '자잘하게' 부탁해도 '진하게' 도와주는 이웃들을 만나며 속절없이 행복해졌다.

불편함을 느껴봐야 내가 지닌 장비와 나 사이의 케미에 대해서 가장 빠르게 알게 되는 것처럼, 캠핑으로 도시를 떠나 느끼는 불편함은 되려 내가 도시와 얼마나 잘 맞는 인간형인지 알려주는 바로미터가 되어 주었다. 그래서 난 오늘도 캠핑을 떠난다.

오늘은 또 어떤 이상하지만 빛나는 선택들과 마주하게 될까.

4장

밤에서도 잘 자는
숲 속의 공주

왼손에 양갈비, 오른손엔 와인
그리고 행복 앞으로

feat. D 정형외과 박 원장님

"박 기자님! 박 기자님!"

날카롭게 꽂히는 익숙한 호명에 미어캣처럼 고개를 빼고 병원 데스크를 쳐다본다.

"네?"

그러나 알고 보니 간호사가 애타게 찾던 사람은 내가 아닌, 머리 하얀 '박귀자' 할머니였다. 새벽 교회 가는 길에 낙상을 당했다는 할머니가 간호사의 부축을 받으며 진료실로 들어갔다. 병원에 놓여 있는 박하사탕을 할머니들과 사이 좋게 나눠 먹고 있는 나였지만, 지금은 박귀자 할머니 걱정을 할 때가 아니었다. 어제 아침부터 목이 좌우 45도 이상 움직이지 않는 데다, 어깨까지 찌르는 통증 때문에 티셔츠에 머리를 끼우는 것조차 고통스럽던 참이었다. 그제 다녀온 캠핑이 문제였던가.

"자, 완벽한 일자입니다."

의사는 마치 '완벽한 S라인입니다'라고 말하는 것처럼 엑스레이 필름 속 곧게 뻗은 내 목뼈를 정확히 가리킨다.

"전 거북목인데, 일자 목은 아닌데요?" (나)

"거북목이 일자 목 되는 거예요." (박 원장)

"그렇게 많이 아프진 않은데요." (나)

"비 올 때 병원 오면 많이 아픈 거지 뭐야. 날씨 궂을 때 오시는 환자는 진짜 아픈 거예요. 캠핑에서 힐링을 얻으시고 목을 잃으셨네." (박 원장)

'머리를 안 내놓음 구워 먹어버리겠다'는 협박을 당한 〈구지가〉 속 거북이도 아닌데, 목을 내어주고 거북목을 얻은 나는 '그러게 왜 밖에서 자요' 같은 지탄을 들을까 봐 짐짓 아무렇지 않은 척 씩씩하게 치료를 받고 나왔다. 진료비 영수

증이랑 세부 내역서 부탁드려요. 아, 오늘 캠핑 못 가겠네.

보험 실비 서류를 점검하다 보면 내 몸의 어디 어디가 고장이 났으며, 내 몸 어디에 기름을 치고 볼트를 조였는지가 모두 보인다. 그래, 이번엔 목에 기름칠할 차례로군. 난 엄마 말을 잘 안, 아니 전혀 듣지 않는 중2처럼 병원을 나오자마자 캠핑장으로 차를 몰았다. "아픈 목에는 도수치료보다 양갈비가 낫다"라는 동생 B의 말 때문이었다.

캠핑장에서 프렌치 랙을? 아니, 원래 캠핑이 양갈비를 짝으로 갖고 와 살점 정리하고, 수제 쯔란까지 만들어 먹는 거였어?

근막을 제거하는 건 일반인에겐 꽤 까다로운 일이다. 나는 고기 대신 B의 손가락 살점이 잘려 나갈까 걱정이 됐지만, 그녀는 40년 경력의 노련한 정육점 사장님처럼 양의 근막과 지방을 브라질리언 왁싱 수준으로 걷어냈다. 속까지 제대로 익었는데? 섬세하게 흘러나오는 이 육즙의 향연은 또 뭐람! 기름기가 많아서인지 바싹 익혀도 퍽퍽하긴커녕 촉촉했다. 난 말끔하게 다듬어진 커다란 양갈비를 석기시대 인류처럼 다잡고 뜯었다.

"야, 너 전업해. 잡내가 1도 없어."(나)

"근데 그러고 보니 언니, 목이 처음보다 많이 움직인다?"(B)

갈빗대를 뜯겠다는 강한 욕망이 드디어 내 목을 움직이게 한 걸까. 양갈비 살로 기름칠 해둔 목구멍으로 프랑스 남부 론 지역의 와인 벨 아미(14.5%, 750㎖)가 실크처럼 부드럽게 넘어간다.

양갈비를 입으로 욱여넣던 B는 "언니, 아직 목에 기름칠 덜 됐다"라며 통째 가져온 돼지 껍데기를 가위로 자르기 시작한다. 털도 없이 말끔한 껍데기는 숯불 위에서 유려하게 몸을 말며 우리를 유혹했다. 그렇게 껍데기 몇 판까지 끝낸 우리의 마지막 디저트(!)는 버터를 발라 굽고 연유를 뿌린 마약 옥수수.

그랬다. 우린 마치 영원히 채워지지 않는 위장을 찾아가는 반지 원정대처럼 먹방의 산을 올랐던 것이었던 것이었다. 아픈 목에 기름칠 좀 하자고 시작했다가 1박 2일 동안 캠핑장에서만 추정치 5만 칼로리를 먹은 그날, 난 다짐했다. 별안간 움직이지 않는 목처럼, 내 몸이 언제 어떻게 못 하게 될지 모르니 되도록 하기 싫은 것들은 줄이고 하고 싶은 것들을 조금씩 많이 해내는 사람이 되기로. 나날의 행복을 충

실히 움켜쥐자고.

일단 오늘 먹고 싶은 것을 내일로 미루지 않은 나, 장하다.

인디언 텐트 모양의 티피 텐트를 뚫고 올라간 연통이 거대한 인센스 스틱처럼 밤하늘로 흰 연기를 올려보낸다. 마치 인간계와 신계를 오가는 듯한 이 이질적인 텔레포트란. 오늘 아침엔 물리치료실에 누워 목에 침을 맞으며 회한에 잠겨 있었는데, 지금은 찢어질 듯한 배를 두드리며 100퍼센트 페루산 팔로 산토를 피운 채 캠핑 뽕을 맞고 있다. 'Palo Santo', 스페인어로 '신성한 나무'라는 뜻의 인센스 스틱이다. 아픈 목을 신성한 '목木'으로 치료하는 마법 같은 시간. 고대 잉카 부족이 부정적 기운을 물리치는 데 쓰고, 수 세기 동안 활력과 휴식, 의약 목적으로 사용했다는 나무 조각의 잔향이 마법처럼 우릴 감싼다. 우린 제를 올리는 고대 부족처럼 인디언 텐트 앞에 앉아 모닥불을 중간에 두고 팔로 산토에 계속 불을 붙였다. 생각해 보니 캠핑은 불과 향을 피우며 악령이나 부정한 기운을 몰아내던 원시 부족 문화를 많이 닮아 있다.

팔로 산토의 신성한 힘 때문인지, 『동의보감』에서도 근골을 튼튼하게 한다고 했던 양고기가 원기 회복과 상처 치유에 도움을 준 덕분인지, 다음 날 아침 내 목은 눈에 띄게 회전 각도가 커졌다. 삐걱거리던 목이 45도 이상으로 움직였고, 비명을 지르지 않고도 옷을 입고 벗을 수 있게 됐다. 캠핑과 인센스 스틱이 녹슨 양철 로봇 같던 내 일상에 도로시처럼 기름칠을 제대로 해준 것이다. 잉카 부족 만세! 고대 페루의 캠핑 선배들 땡큐!

일자 목의 원인이 무엇이었는지는 박 원장도 정확히 모른다고 했다.

"적금 만기 같은 거예요. 안 좋은 자세가 계속되면서 쌓이다가 한 번에 확 터져버리는 거죠. 꼭 캠핑 때문이라기보다는 평소 자세가 안 좋거나, 핸드폰이나 컴퓨터를 오래 보셨던 게 문제일 수 있고요."

진상들이 제각각 모두 다양하고 신선하게 진상인 것처럼 거북목의 원인도 한두 가지가 아니었다. 책상에 앉아 점심도 김밥으로 때우며 모니터만 바라보던 지난주의 마감 때문인지, 핸드폰으로 새벽까지 릴스를 봤기 때문인지, 혹은 그 둘의 시너지 때문일 수도 있다. 어쨌든 목의 통증은 일주일 정도 침을 맞고는 씻은 듯이 사라졌다.

B와 나는 오늘도 70년대 자동차 정비공장 같은 구호를 되뇌어본다.

'닦고 조이고 기름칠하자'.

삐걱대는 몸을 조금씩 조이고 기름칠하며 오늘도 우린 우릴 행복하게 하는 것들을 쥐고 앞으로 걸어간다. 잘 손질된 양갈비와 와인의 마리아주, 캠핑장에서의 팔로 산토 향 같은 것들을 손에 꼭 쥐고서.

가방 잘 메고
앞만 잘 보고 다니면 돼

feat. 일본 대마도 미우다 캠핑장

토요일 저녁, 키만 한 배낭을 메고 홍대 지하철역에서 올라오는 날 보며 '설마 저 사람만은 아니길' 하는 눈빛으로 쳐다보는 친구들에게 말한다.

"얘들아, 괜찮아? 많이 놀랐지……?"

"야, 누가 술 마시러 오는데 그런 배낭을 메고 와. 술집에 둘 자리도 없다고. 아니, 근데 배낭에서 다리가 자라는 거냐?"

뭐, 수년간 익히 들어왔고 많이 들어온 말이라 별 타격은 없다. 동계용 캠핑 장비를 다 집어넣으려면 적어도 60리터 이상의 배낭이 필요하다. 동계 캠핑과 장거리 원정용인 그레고리 데바 70리터 배낭에 물건을 하나둘 패킹하다 보면 내 키의 절반 이상을 배낭이 차지하는 건 어쩔 수 없는 일이다.

배낭을 메고 지하철 상행 에스컬레이터에서 앞사람이 휘청일 땐, 찰나에 슈퍼컴퓨터 수준으로 사칙연산을 하며 머리를 굴려야 한다. 내 배낭이 저 사람을 피할 만한 각도에 자리하고 있는가, 섬세하고 정확하게 계산하지 않으면 다음 날 병원 원무과에서 수납을 기다리고 있는 내 모습이 현실이 될지도 모르니까.

첫 동계 캠핑을 위해 평소보다 무거운 13킬로그램짜리 무게의 배낭을 멘 날을 정확하게 기억한다. 입대 후 처음으로 40킬로그램짜리 군장을 메 본 남성 동지들은 알 것이다. 배낭을 짊어지는 자세와 숄더 스트랩의 위치, 그리고 힙 벨트가 얼마나 중요한지를. 배낭에는 침낭과 옷 등 가벼운 것부터 먼저 넣고, 점점 무거운 것들을 넣어 패킹해야 한다. 멜 때는 무릎으로 배낭에 반동을 주며 어깨에 둘러멘다. 그리고 허리 벨트부터 채운 뒤, 어깨에 배낭 무게를 잘 분산시키

고 몸에 잘 들어맞도록 숄더 스트랩을 단단하게 조절해야
한다.

　그러나 대마도로 백패킹을 떠나기 위해 난생처음 박배
낭을 메 본 그날의 나는 그 어떠한 스킬도 없이 첫 대회에 출
전한 초보 유도선수처럼 요령 0퍼센트의 어깨 메치기를 해
버린다. 그렇게 내 4번과 5번 사이 요추는 정해진 위치를 가
차 없이 벗어나고 만다. 뚝! 그날 내 허리에서는 이런 육중
한 소리가 날 수도 있구나 싶을 정도로 비현실적인 사운드
가 났다.

　어기적대며 도착한 대마도의 캠핑장에서, 몇십 년 만에
나타났다는 환상적인 유성우를 보며 소원을 빌었다. 남은
세월 제가 캠핑을 계속할 수 있도록 강철처럼 강건한 허리
를 갖게 해 주소서. 거의 누워 있다시피 하며 캠핑을 마친
후, 정형외과와 한의원을 종횡으로 가로지른 지 한 달여 만
에 허리 통증은 겨우 사라졌다.

　그러나 얼마 뒤 떠난 일본 섬 캠핑에서 나는 또다시 부상
을 입는다. 새벽 배 시간에 맞춰 급하게 짐을 싸다 보니 '가벼
운 건 배낭 아래, 무거운 건 위, 몸쪽(척추 쪽)은 무겁게, 몸에

서 멀어질수록 가볍게'라는 규칙을 잊은 것이다. 일행의 것까지 캠핑용 이소가스 십여 개를 배낭의 바깥 주머니 쪽에 억지로 구겨 넣은 탓에 배낭이 중심을 잃은 채 휘청거렸지만 택시가 도착했다는 말에 급하게 호텔 복도를 내달렸다.

지금도 기억한다. 배낭 무게에 못 이겨 바닥으로 고꾸라지는 나와 그걸 지켜보던 호텔 벨보이의 거친 눈빛을. 그는 황급히 뛰어와 넘어진 나를 일으켜 주었다.

"다이조부 데스카, 오캬쿠사마?(괜찮으십니까, 손님)"

엄마 없는 입학식도 아닌데 가방을 메고 넘어진 적이 처음이었기 때문일까. 아니면 당신들의 가스까지 둘러멘 내 사정도 모른 채 빨리 내려오라고 화를 내며 재촉하던 일행에 대한 야속함 때문일까. 까진 무릎에서 흘러내리는 붉은 피를 보자마자 난데없이 눈물이 솟구쳤다. 아, 쪽팔리게 가방 메다가 왜 우는 거야. 처음 어린이집 가다 넘어진 아이처럼.

이 두 번의 사고 이후 아무리 급해도 절대로 배낭을 급하게 싸는 법은 없다. 하지만 살다 보면 아무리 짐을 잘 싸도 넘어지는 상황이 생긴다. 섬 캠핑을 위해 박배낭을 싸 들고 나왔지만 여수로 가는 막차를 놓쳐버린 어떤 날처럼.

그날 나는 고척 스카이돔에서 열린 케이티 페리의 첫 내한 공연을 보고 섬으로 가기 위해 여수로 향하는 막차를 탈 예정이었다. 옷감보다 살이 더 많이 보이는 옷을 입은 관객들 사이로 영롱하게 빛나는 형광 윈드브레이커를 걸친 내가 달팽이 집 같은 거대한 배낭을 메고 들어서자 웅성웅성하는 소리가 들린다. 콘서트장에 나타난 저 등산객은 뭐야.

공연이 늦게 시작한 데다, 메가 히트곡 〈파이어워크〉 때 창까지 즐긴 뒤 밖으로 나오니 이미 시간은 밤 11시를 향하고 있었다. 택시를 잡아타 보았지만 공연장 주변의 무시무시한 정체를 피할 수가 없어 결국 여수로 가는 마지막 버스를 놓치고 말았다. 어쩔 수 없이 역 근처에서 눈을 붙이고 새벽 첫차를 타고 겨우 여수항에 도착했지만 날 맞이한 건 태풍으로 인한 배 결항.

육지는 맑고 손에 잡힐 듯 섬이 가깝게 보여도 공해상 날씨가 좋지 않으면 가지 못하는 곳이 바로 섬이다. 앞바다는 잔잔했지만 먼바다 날씨는 알 수 없는 게 마치 우리네 인생 같다는 생각을 하며 순순히 돌아섰다. 어제는 공연을 본 뒤 막차를 놓치고 오늘은 배까지 결항인데 갑자기 웃음이 삐죽삐죽 삐져나온다.

결항은 됐지만 일단 여수 앞바다로 향했다. 먼바다의 사정은 내 알 바 아니라는 듯 바다는 놀랍도록 잔잔했다. 배낭을 풀고 버스커버스커의 〈여수 밤바다〉를 틀어둔 채 버너를 꺼내고 물을 끓인다. 섬에서 먹으려던 말린 생선을 꺼내고 전남 지역 소주인 잎새주를 꺼낸다. 소주 한 잔이 들어가니 빙글빙글 또 웃음이 나온다. 이틀 연속 캠핑에 실패한 나, 드디어 도른자가 된 건가.

문득 막내딸의 첫 등교에 "가방 잘 메고 앞만 잘 보고 다니라"며 뒤통수에 대고 외치던 엄마의 말이 생각난다. 생각해 보면 인생의 모든 것은 가방을 메고 집을 나서는 것에서 시작한다. 첫 어린이집, 첫 수학여행, 첫 소풍, 첫 입학. 엄마가 선생님 말씀 잘 듣고 공부 열심히 하라고 하지 않고 가방 잘 메라고 강조한 것은, 중요한 원칙을 놓치지 않고 정서적인 배낭을 잘 싸며 각 단계를 뛰어넘는 게 인생이라는 과업을 완성하는 것이라는 걸 엄마는 알고 있었기 때문이 아닐까.

이따금 눈앞에서 차를 놓치거나, 폭풍우 때문에 타야 할 배가 사라지거나 생각지 못한 삶의 무게에 고꾸라질 때가 생긴다. 그럴 땐, 까진 무릎에 빨간 약 한 번 바르고 내게 내민 옆 사람의 손을 맞잡으면서 툭툭 털고 다시 일어나면 된다. 급하다고 가방을 제대로 싸지 않고 내달리거나, 편법을 쓰면 어깨가 더 망가지는 법이니까. 삶이라는 배낭의 무게를 더 느끼게 되니까. 버스를 놓쳤다면 다음 차를 기다렸다 타면 된다. 가지 못한 섬이 못내 아쉽다면 다음 여정을 위해 건배를 해 보자. 밤까지 이어진 여수 앞바다에서의 잎새주는 무거운 배낭일랑 내려놓고 천천히 걸어보라고 내게 말해 주었다.

섬 백패킹을 하며
내 몸과 화해하다

feat. 충남 홍성 죽도 야영장

코로나가 기승을 부리던 2021년 여름, 나는 어느 정형외과 지하 주차장에서 핸들에 기댄 채 대성통곡하고 있었다. "평생 쓸 연골 당겨쓸 거예요? 당장 운동 중단하세요"라는 의사의 불호령을 막 들은 참이었다. PT를 받는 4개월 동안 극도의 식단과 과한 운동으로 인한 무릎과 허리 부상, 갑상선과 호르몬 이상으로 바프(바디 프로필) 촬영을 불과 3주 남겨두고 취소하게 된 것이다. 족저근막염, 접촉성 피부염 등 생전 없던 질병들이 일 잘하는 저승사자처럼 착착 내 몸을 찾아왔다.

PT 수업에 몇백만 원이나 들였고, 낮술까지 포함하면 주
8일 생명수처럼 마시던 술까지 끊었다. 고구마만 먹으며 몇
개월 동안 혹독하게 나를 밀어붙였지만, 그 노력이 모두 물
거품이 됐다는 생각에 눈물이 멈추지 않았다. 겨우 정신을
차린 다음, 프로필 촬영 스튜디오에 취소 전화를 걸고 무릎
과 허리에 보호대를 착용한 채 항구로 차를 몰았다.

다른 나무들과 간격을 두고 자란 탓에 SNS에서 '왕따 나
무'로 불리는 홍성 죽도야영장의 소나무가 그날의 목적지
였다. 주말엔 워낙 경쟁이 치열한지라 일단 캠핑장 사장님
과 암호명으로 접선을 했다.

  —지금 왕따 나무 아래 자리 있나요? (나)
  —오늘 더워서 아무도 안 와요. 지금 오슈~ (사장님)

그렇게 Y와 난 더위라는 치트 키를 통해 인기 높은 왕따
나무 아래를 점유할 수 있었다. 남당항 수산시장에서 생선
회와 대하, 오징어 튀김을 잔뜩 사서 배에 오르니 거대한 아

프로 파마 머리를 한 Y와 무릎 보호대를 하고 커다란 배낭을 멘 나를 향한 승객들의 호기심 어린 시선이 폭포처럼 쏟아졌다.

죽도는 남당항에서 고작 10분이면 도착할 정도로 가까운 섬이었지만 지나치게 착실한 선장님은 그 짧은 시간 동안에도 쾌적한 항해를 위해 스피커로 선내 방송을 시작했다.

"죽도를 찾아주신 여러분 감사합니다. 천수만의 유일한 섬 죽도는 태양광, 풍력, 에너지저장 장치를 만들어 모든 전기를 스스로 공급하는 에너지 자립섬, 탄소 배출 없는 무공해 섬입니다. 대나무섬 죽도에서 즐거운 추억 만들어 가십시오."

선착장에 도착해 캠핑 배낭을 메고 700미터를 걸으니 바로 야영장이 나온다. 3개의 캠핑 데크와 매점, 개수대와 샤워실 뒤로 우리가 노렸던 SNS 속 왕따 나무가 서 있다. 그 뒤로 녹색 잔디가 덮인 무덤이 눈에 들어온다. 실례합니다. 조용히 쉬다 갈게요. 사이트 뒤 무덤을 향해 정중하게 목례를 한 우린 텐트와 야전침대를 폈다. 섬을 둘러보려 길을 나섰지만 더워도 너무 덥다. 8월의 더위는 다이어트로 쇠약해진

체력을 급격히 떨어뜨렸다. 가게들도 모두 문을 닫았다. 그래도 물 한 잔 정도는 얻어 마실 수 있겠지? 그러나 다들 밭에 나갔는지 섬마을은 죄다 빈집이다. 정신이 멍해지는 더위에 머릿속이 아득해지면서 바프나 부상 따위의 생각은 어느새 잊혀졌다.

그러다 드디어 발견한 가게. 하지만 사장님이 없다. 얼음을 집어 든 채 전화를 했더니 육지에 있다는 답이 돌아온다. 얼음 값 4,000원 드려야 하는데.

— 그냥 파란 지붕 집 창문 앞에 올려놔요.

암호명 같은 파란 지붕 집을 찾아 철창 사이로 사식 넣듯 지폐를 접어 끼워두고 다시 야영장으로 돌아왔다. 왕따 나무 아래에 앉아 맥주 캔을 따고 방금 산 얼음을 동동 띄웠다. 맥주 따는 소리라니 아, 이 얼마나 간만에 듣는 청명한 사운드인가.

캔맥주는 무라카미 하루키가 『상실의 시대』에서 말했던 것처럼 "반년쯤 냉장고에 들어있었지 않나 싶을 정도"로 시원했다. 그는 『세계의 끝과 하드보일드 원더랜드』에서도

"마음껏 맥주를 마시기 위해서 수영장에 다니거나 조깅을 하면서 배의 군살을 빼고 있다"라고 했지. 바프 준비하느라 못 마시다 드디어 맛본 넉 달 만의 맥주는 내게 행복의 맛을 다시 알게 해주었다. 전쟁통에 헤어진 연인을 만나듯 맥주와 조우한 나는 격조했던 술과의 지난 세월을 반추했다. 그리고 얼음이 녹기도 전에 목구멍으로 갈급하게 맥주를 들이부었다.

뒤이어 남당항에서 사 온 생선회 한 접시와 대하구이도 먹어 치우던 내 머릿속에 칼로리 때문에 방울토마토 개수를 세고, 샐러드 속 옥수수까지 골라내던 트레이너의 활어 같은 몸이 갑자기 떠올랐다. 나는 세차게 고개를 흔들어 그 얼굴을 얼른 지우고 남은 새우 머리를 튀겨 다시 맥주를 곁들였다.

알코올 기운이 혈관에 재빨리 침투해 몸 구석구석을 돌아다니기 시작하자 차 안에서 꺽꺽거리며 울던 어제의 내가 생각났다. 운다고 해서 전방경사로 밀려 나간 내 척추 뼈가 돌아오는 것도 아니고, 하얗게 비어 버린 무릎 연골에 새살이 차오르진 않는다. 코어 근육도 없는데 눈뜨자마자 주 5일 6킬로미터 공복 달리기를 한 과거의 나야, 앞으론 그러지 마. 무릎 통증에도 불구하고 100킬로그램씩 벤치 프레스를 하던

나야, 그 웨이트 내려놔. Fu×k the Diet. Fu×k the 바디 프로
필.

사실 내가 트레이너가 쳐놓은 칼로리 감옥에서 빠져나
오지 못한 이유는 따로 있었다. 납작해진 배와 가늘어진 팔
과 탄탄한 힙 사진을 SNS에 올리려던 얄팍한 목적이 바로
그것이었다. 나이가 들며 부쩍 떨어진 몸매에 대한 자신감
을 바디 프로필 사진 한 장으로 끌어올리고 싶었던 것이다.
지인들로부터 '아직 살아있네!' '예뻐요!'라는 말을 듣고, 아
직 여자로서 매력 있다는 말을 듣고 싶은 욕망도 없지는 않
았다.

그러나 극단적인 식단과 과도한 운동에 매몰된 PT 4개
월 동안 내 몸은 안으로 곪아가고 있었다. 라인을 아름답게
만든다는 건 내 몸을 잘 보살핀다는 말과 동의어가 아니었
다. 몸이 내는 목소릴 듣는다는 건 매일 아침 난초 잎을 닦는
일만큼이나 힘든 일이었다. 그런데 나는 그 키우기 쉽다는
용설란과 스투키조차 죽여버리는 식물 연쇄 살해범이 아니
었던가.

다음 날 아침, 배를 타러 다시 선착장으로 향하는 길에 민박집 벽화가 눈에 들어왔다.

'잘했고, 잘하고 있고, 잘할 거야.'

홍성 죽도에서의 백패킹은 '바프 찍어야 되니까 먹지 말자'에서 '잘 먹고 건강하게 운동하자'로 바뀐 내 모토를 축하했던 캠핑이었다. 내 몸이 내는 소리에 자주 귀를 기울이자고 다짐하면서 맥주를 하나 샀다. 차와 바이크가 없는 에너지 자립섬 죽도에서 아름다운 몸에 대한 나의 강박에서 자립한 걸 자축하면서.

"맥주는 한결같은 혈액, 한결같은 연인"이라던 작가 찰스 부코스키의 말을 되뇌며, 운동하는 동안 마셔온 코코넛 워터 대신 오랜 연인인 스텔라 아르투아 캔맥주(5%, 500㎖)를 들이켜본다. 카아~!

두려운데 설레서···
겨울 백패킹을 가는 이유

feat. 캐나다 엄홍길 언니

—나 지금 등산 중!

　오십이 훌쩍 넘은 큰 언니가 '캐나다 엄홍길'이 되어 가고 있다. 평생 등산이라고는 해본 적 없는 연구원 출신 그녀가 퇴직 후 등산 클럽에 가입했다는 소식을 들은 게 불과 3개월 전인데, 메신저 프로필에 하나둘, 등산 사진이 보이기 시작하더니 이젠 스노우 슈(작은 스키 같은 판을 부착하고 걷는 신발)까지 착용하고 설산 위에 서 있는 게 아닌가.

—스스로에 대한 도전이지 뭐. 캐나다에 이렇게 좋은 데가 많은데 모르고 살았잖니.

눈 쌓인 스위스를 100개쯤 합쳐 놓은 듯하다는 캐나다 로키산맥 앞에 선 그녀의 사진을 보니 처음 박배낭을 메고 산에 올라 캠핑을 했던 나의 달콤쌉싸름한 추억이 떠올랐다.

"야, 등산 캠핑? 못해, 못해."

등산도 힘들고 백패킹도 힘든 내게 등산 캠핑이란 그 둘 사이에서 태어난 끔찍한 혼종처럼 느껴졌다. 10킬로그램이 넘는 박배낭을 메고 해발 800미터 겨울 산을 오르다니.

당시 나의 캠핑 메이트였던 최 대장이 전남 화순 백아산 백패킹에 초대했을 때 내가 바로 거절한 건 당연했다. 10년 전 보드를 타다 다친 무릎의 통증과 상습적으로 접질리던 발목이 생각났기 때문이다. 게다가 백아산은 빨치산이 숨어들었을 정도로 산세가 깊고 험한 산이라고 익히 들은 바 있다.

"사지는 다 늘어나겠지만 벽에 똥칠하실 때까지 사실 거예요"라던 동네 한의사의 말처럼 그간 큰 병은 없었지만 인

대만큼은 등산화 끈을 묶다가도, 쉘터 팩을 뽑다가도 '이 느
낌 익숙하지?'라며 비웃듯 착실하게 늘어났다.

그때 최 대장이 또다시 달콤한 제안을 날린다.

"에이, 누나 두 시간이면 가! 스틱 짚고 가면 돼요. 힘들면
내가 뒤에서 밀어줄게요."

그렇게 어영부영 어느 날 난 백아산 등산로 입구에 서 있
게 됐다. 최 대장이 데려온 사람들과 어색한 첫인사를 나눈
뒤 장비를 재점검했다. 동계 캠핑에선 침낭이든 옷이든 매
트든 무게가 30퍼센트 이상은 늘어나는 법. 그러나 아무리
최애템이라 해도 등산 백패킹에선 결국 짐을 빼내야 하는
순간이 온다. 몇 번이나 장바구니에 넣었다 빼다 하던 떡볶
이를 동결 건조 라면으로 대체하고, 무거운 맥주와 와인 대
신 플라스크에 위스키만 조금 담았음에도 동계 침낭과 에어
매트, 텐트를 넣은 배낭 무게는 하계의 두 배인 16킬로그램
에 달했다.

등산객들이 하산할 때쯤 우리는 출발했다. 나도 발목 테
이핑과 무릎 보호대를 한 채 결연한 마음으로 등반을 시작
했다. 키에르케고르는 "걸으면서 떨쳐버릴 수 없는 무거운
생각은 없다"라고 했지만 한계 수준을 넘어서는 무거운 배

낭은 생각 회로 자체를 차단했다. 분명 배낭 하나에 불과한 데 왜 아파트를 짊어진 것 같지? 허벅지는 터질 듯하고, 들리는 건 내 숨소리뿐이다. 한 개씩 오를 때마다 수명이 1분씩 단축되는 듯한, 도착점이 보이지 않는 악마의 돌계단은 겨우 끌어모은 가냘픈 사기를 빠른 속도로 떨어뜨렸다. 다 왔나 싶을 때쯤 다시 등장하는 오르막길. 이거 시시포스의 바위인가.

침착하게 등산 스틱을 바위 위에 올리고 그 힘을 뒷무릎에 실어 배낭과 몸을 끌어 올린다. 최 대장은 앞뒤에서 함께 걸으며 페이스를 조절해 주었고, '이 누나, 한계가 왔구나' 싶을 때쯤 눈치 보지 않고 쉬자고 얘기할 수 있는 분위기를 만들었다.

"자, 5분 쉬었다 가겠습니다!" (최 대장)

휴식 후 다시 배낭을 멘 나는 알베르 카뮈의 실존주의를 떠올렸다. 끝없이 계속되는 시시포스의 형벌은 신에게 도전한 인간에 대한 무한 형벌이 아니라 그 도전 자체로 인간의 마음을 가득 채우기 충분하다는 자각.

"천천히 오세요. 폴을 좀 더 짧게 잡아 보시고요."

"저, 발베니(40%, 700㎖) 갖고 왔으니까 이따 드시러 오세요!"

건강하고 밝은 일행들이 전해주는 기분 좋은 안정감은 늘 다치던 무릎과 발목 부상에 대한 두려움을 떨쳐내 주었다. 어쨌든 난 백아산 등반에 성공했다. 등반을 했다기보다 중력이 끈질기게 잡아당기는 16킬로그램의 배낭을 땅으로부터 힘겹게 떼어내며 구르듯 올라간 것에 가깝지만.

영원히 고통받는 시시포스의 돌덩이와는 다르게 나의 배낭은 백아산 정상 마당바위에 무사히 안착, 운해가 펼쳐진 산군 앞에서 좋은 촬영 오브제가 되어 주었다. 희끗희끗한 바위들이 마치 흰 거위가 옹기종기 모여 있는 것처럼 보인다고 해서 이름 지어진 백아산白鵝山은 눈이 아직 녹지 않아 그 이름을 더 그럴듯하게 만들고 있었다.

마당바위에 텐트를 친 후 내 행복 버튼 중 하나인 면 먹방을 시작해 본다. 등산 후 야외에서 먹는 라면만큼 빠른 멘탈 케어는 없다. 라면 스프는 다른 부재료들을 윽박지르는 법 없이 내 위를 MSG층으로 골고루 코팅했고, 위스키의 알싸함은 해발 800미터 위의 매서운 추위를 달래주었다. 밤에는 등산 덕에 한층 가까워진 사람들과 지상에서보다 한층 가까워진 별을 보았다.

동이 터오는 새벽, 텐트 문만 열었는데 운해가 내 발밑에 닿을 듯 넘실댔다. 어제의 등반 피로를 잊은 내가 주절댄다. 아, 오길 잘했다.

백아산 백패킹은 그 뒤로 이어진 민둥산 갈대밭 캠핑, 선자령 눈꽃 캠핑, 울릉도 나리분지 캠핑에 두려움 없이 도전하게 해주었다. 이런 작은 성공 경험들은 내 몸과 마음이 부대끼는 상황에 놓일 때 회복 탄력성을 높여준다. 물론 박배낭 등산은 갈 때마다 '안녕, 고마웠고 다신 보지 말자'라고 하고 싶지만.

고급 글램핑장에서의 캠핑이 돈 많고 옷도 잘 입었지만 재미는 없는 대기업 소개팅남 같다면, 겨울 산 백패킹은 마라맛 데이트 코스를 짜오는 운동선수와의 다이내믹한 데이트 같았다.

다시 현재로 돌아와 보니 '캐나다 엄홍길' 큰 언니에게서 메시지가 와 있다.

—나 영하 20도 정도 견디는 침낭 추천 좀 부탁.

—너 저번에 썼던 발열 도시락, 그건 물만 부으면 따뜻해지는 거야?

아, 이젠 설산 등반도 모자라 백패킹까지 감행하려는 그녀였다.

—언냐, 산에서 캠핑하려고? 근데 겨울 백패킹이면 배낭 무게만 15킬로가 넘을 건데 괜찮아? (나)

—응, 무거운 건 캠핑장에 다 내려놓고 다닐 거야. (언니)

그녀는 퇴직 후 등반을 시작한 이유에 대해 이렇게 말했다.

"힘든 산행 때는 다신 안 오리라 다짐하는데, 집에 오면 다음 산행이 기다려지는 거야. 이게 중독성이 있어. 명상할 때와 같은 뇌파가 나온다던데, 약간 수양하는 느낌도 있고."

내 생애 최초 등산 백패킹을 도운 최 대장과 오십 넘어 등반 라이프를 시작한 언니를 도운 캐나다의 산행 대장은 모두 '다정한 조력자'라는 공통점이 있다. 빨리 올라가는 사람들과의 비교를 멈추게 하고 중간에 거의 울 뻔한 채 엎드려 있던 내 얼굴을 못 본 척해준 최 대장, 그리고 자신 없다는 언니에게 '지금부터 체력 키우면 할 수 있다'라며 용기를 북돋아 준 산행 대장님께 이 자리를 빌려 감사의 인사를 보낸다.

— 올해는 로키산맥 8박 9일 등정할 거야! 신혼여행 때 차로 근처까지 와봤는데, 가능할지 모르겠어. 두려운데 설렌다!

프로필 사진에 올라올 그녀의 로키산맥 사진이 벌써부터 기다려진다.

썸남 대신
섬

feat. 끝내 답장이 없었던 그 녀석

"달이 떴다고 전화를 주시다니요 / 이 밤 너무 신나고 근사해요 / 내 마음에도 생전 처음 보는 / 환한 달이 떠오르고 / 세상에, 강변에 달빛이 곱다고 전화를 다 주시다니요"(좋아서 하는 밴드, 〈달이 떴다고 전화를 주시다니요〉 중에서)

—자? (나)

—……

—달 사진이 너무 예뻐서 보내. (나)

— ……

메시지 옆 '1'이 사라진 창엔, 그러나 달 사진에 대한 감상 대신 침묵만 남아있다. 이렇게 휘영청 달이 떠오르면 신열에 달뜬 어느 밴드의 노래 가사처럼 누군가의 전화번호를 누르고 싶어진다. 오늘은 그 대상이 최근에 만난 썸남 D. 그러나 액정 화면은 변화가 없다. 하, 괜히 보냈네. 이런 게 '0고백 1차임'인가.

자괴감이 몰려온다. 분명 처음엔 그가 매달렸는데 감정의 타이밍과 활주로가 달랐던 걸까. 지금의 나는 그와는 다른 좌표에 착륙해 있는 모양이다. 주파수가 잘 맞는 항공기 레이더와 공항 관제소 직원처럼 상대의 신호를 잘 해석하는 방법은 없는 걸까.

나는 상대의 주파수를 잘 알아차리지 못하는 스타일이라 다른 활주로에서 엉뚱한 신호를 기다리기 일쑤였다. 나에 대한 호감이 이만큼 쌓였다 싶을 때나 마음을 주고 상대의 관심을 긁어모으고 모아 매번 감정의 모래성을 쌓는다. 그러나 내 마음에서 시작된 모래성은 금방금방 허물어졌다. 누군가를 생각하고 사랑하는 일은 억지로 그러모은다고 되는 게 아니었다. 마음이란 손바닥을 빠져나가는 모래알과 같아서, 나를 방목하지 말아 달라고 칭얼거린다고 되는 것도 아니었다. 여전히 조용한 액정 화면을 끄고 배낭을 챙겼다. '썸남' 대신 '섬'을 택하기로 했기 때문이다.

섬으로의 출발을 알리는 뱃고동 소리가 크게 들린다. 일단 섬에 진입하고 나면 특유의 고즈넉함이 결계처럼 나를 감싼다. 그러나 어디선가 갑자기 들려오는 거친 호객꾼들의 날카로운 목소리가 그 결계를 깨뜨린다. 섬마을 특유의 떠들썩함 그 어디에도 '읽씹 후 이불킥'이 끼어들 틈은 없다.

"방은 필요 없수?"

"차는 빌렸어?"

조용했던 항구는 커다란 배낭을 맨 캠퍼들을 실어 나르는 트럭들로 북적북적하다. 고즈넉한 갯마을을 상상하고 도착한 곳에서 바닷가 사람들의 떠들썩하고 거친 성정을 맞닥뜨리니 정신이 번쩍 든다. 모래성 같은 관계의 무력함이 건강한 어촌의 일상으로 대체되는 순간이다.

배낭을 멘 다른 캠퍼들과 이장님 차를 얻어 타고 도착한 해변 캠핑장엔 라면 하나 살 만한 가게가 없다. 원래 섬 여행은 대부분 불편하다. 이동 수단도 여의찮고, 육지에 비해 물가는 어쩔 수 없이 비싸며, 갑작스러운 풍랑으로 발이 묶이기 일쑤다. 다리가 놓여도, 또 쾌속선으로 눈 깜짝할 새에 가 닿는다 해도 섬은 섬이다. 그런데도 나는 왜 또 섬을 찾았나.

낙원은 쉬 지루해지는 법이지만, 섬마을은 벗기고 또 벗겨봐도 늘 새롭다. 사람은 아무것도 안 했지만, 바다와 파도와 바람이 그들의 놀라운 솜씨로 낙원을 만들어 놓았다. 바닷가 곰솔 끝에 걸리는 별, 갯바람이 부는 영롱한 모래 해안, 섬에서 하루 자 봐야만 알 수 있는 방파제 그늘의 아늑함. 아무렇지 않은 섬사람들의 일상이 내륙 사람들에게는 진귀한 경험으로 다가온다. 그래서 육지에서의 걱정 같은 건 아무렇지도 않은 듯 툭툭 털어내게 된다. 게다가 섬에는 수다의 볼륨을 저절로 줄일 수밖에 없는 호젓하고 낙낙한 섬만의 정서가 있다. 배가 끊어지면 육지에서의 걱정거리도 어쩔 수 없이 끊어진다는 것도 고맙다.

다시 달이 뜬다. 감정의 미련을 걷어 버리려 떠나온 길이건만, 왜 또 서울에서 보던 것과 같은 달이 소나무 끝에 걸려 있는 것일까. 텐트 앞에서 해변 모래를 그러모아 다시 모래성을 쌓아본다. 이번엔 물을 많이 섞고 더 많이 두드렸다. 섬과 섬 사이에는 다리를 놓으면 되지만 사람과 사람 사이에는 어떤 다리를 놓아야 할까. 썸남 D와 나 사이에는 썰물 없이 밀물만 있어서 서로에게 가 닿을 수가 없었다. 문득 배를 탈 때 걸려 온 엄마의 부재중 전화가 생각난다. 침낭 속에서 핫팩을 만지작거리며 D에게 보냈던 달 사진을 엄마에게 보냈다.

—주무셔?

'1'은 사라졌지만 썸남과는 달리 그녀에게선 톡 대신 바로 전화가 걸려 왔다.

"잘한다 잘해. 그카고 댕긴다고 결혼을 안 하지!"

급발진하는 잔소리 너머 진한 반가움이 느껴진다.

"달 사진이가? 아이고, 이제 바깥에서 자면 입 돌아간데이! 돌아 댕긴다고 끼니 거르지 말고 밥 단디 잘 챙기 묵어라!"

떠들썩한 경상도 사투리 덕에 우울한 마음이 그나마 나아진다. 침낭 안에 누운 난 지퍼를 끝까지 올리고 마치 엄마

품으로 파고들듯 누에고치 안으로 깊숙이 파고들었다. 엄마 집 앞에도 저 수평선을 밝힌 것과 같은 모양의 달이 떴을까.

　다음에 다가오는 사람과는 모래성 말고 튼튼한 다리를 지으리라. 아무리 올라가 뛰어도 무너지지 않는 아주 튼튼한 관계의 다리 말이다. 나라는 섬에서 당신이라는 섬으로 언제든지 오갈 수 있고, 밀물이 되면 가끔 물속에 잠겨 적당한 거리를 유지하다 썰물에 다시 만나는 건강한 관계의 다리. 그 다리 위에 떠오른 달을 함께 바라보는 상상을 해본다.
　그렇게 난 섬에서 썸을 망각했다.

화개살에 놀란 가슴
살치살로 다스리다

feat. 경남 산청 지리산 대경 오토캠핑장

지리산으로 엉덩이를 내밀고 있는 차 뒤꽁무니에 텐트를 연결해 본다. 차에 마스크 씌우듯 테일 게이트에 연결하는 방충식 텐트라 여름에도 벌레 걱정 없이 캠핑을 즐길 수 있다. 하이브로우 테이블을 펴 원목 상판을 덮은 후 텐트에 매달아둔 알전구에 불을 켜고 캠핑 의자를 펼친다. 홍학 모양 가랜드(화관 등의 장식)를 폴대에 연결하고 끈으로 텐트를 고정한 후 어닝을 펼치자마자 기다렸다는 듯 비가 쏟아진다. 나무 그늘을 믿고 타프를 치지 않고 있던 옆 사이트 커플

232

이 급하게 타프를 펼치느라 이리 뛰고 저리 뛰는 걸 보며 난 고개를 돌린 채 아주 작게 웃었다. 흐흐흐.

날씨가 맑은 날에는 우측 끝으로 지리산 천왕봉까지 보인다는 이곳은 피케팅을 해도 주말엔 예약이 힘들다는 지리산 대경 오토캠핑장. 부지가 무려 2,000평에 달해 어디에서나 아름다운 지리산 능선을 즐길 수 있지만, 그중에서도 절벽 끝에 선 것처럼 장애물 없이 탁 트인 마운틴 뷰를 즐길 수 있는 맨 앞자리는 그만큼이나 경쟁이 치열하다. 하지만 '책상 걸고 여행하는' 연차의 여왕인 만큼 패기 있게 평일 휴가를 쓰고 내려온 오늘, 나는 여유 있게 맨 앞 A열을 차지할 수 있었다.

모델명이 무려 '올뉴 스피드'일 정도로 빠르고 간편하게 칠 수 있는 차박 텐트였지만 한여름 피칭 후 비 오듯 흐르는 땀을 막을 순 없었다. 맘 같아선 10분 거리의 중산계곡에서 물놀이를 즐기고 싶었지만, 튜브 키즈족에 치이며 물놀이를 하는 것은 종로3가 맛집에서 혼자 갈매기살을 먹는 것보다 어려운 일. 5성급 시설의 캠핑장에서 샤워를 하고 차 트렁크에 누워 보송보송한 몸으로 구름 낀 산을 바라본다. 남해에서 여기까지 장거리 운전을 해왔건만 지리산은 오늘도 얼굴을 100퍼센트 보여주지 않는구나. 에라, 모르겠다. 고기나 굽자. 오늘은 살치살이다!

"어차피 내려올 건데 왜 올라가냐?"라고 말하는 반 등산파 친구에게 "네 연골을 희생한 만큼 황홀한 뷰를 보여줄게"라며 꾸역꾸역 남해 금산을 올랐던 게 어제 오전 일이다.

"태조 이성계가 영원히 사라지지 않는 비단을 둘렀다고 극찬해 '비단 금錦 자'를 쓴대!"

"작은 금강산으로 불릴 정도로 예쁜데, 다도해와 마운틴 뷰가 어우러진 풍경을 내려다보며 컵라면에 파전을 먹을 수 있다지 뭐야!"

반 등산파인 그녀가 하산 생각을 하지 못하도록 계속 말을 걸며 금산산장 식당까지 올라왔건만, 우릴 맞이한 건 80년대 〈가요톱텐〉 무대의 스모그만큼이나 뿌연 산안개였다. 오션 뷰 파전은커녕 한 치 앞도 안 보이는 곰탕 날씨 속에서 우린 뿌연 안개만 쩝쩝 들이키고 말았다. 절뚝이며 산에서 내려온 친구는 애스턴 마틴 급의 배기음을 남기며 뒤도 안 돌아보며 차를 몰고 떠났다. 이틀 연속 지리산의 마운틴 뷰를 보지 못한단 말인가. 그때 울리는 전화기.

—언니 태어난 시가 ○월 ○○일 아침 7시 반이랬지? 언니 사주는 화개살이 4개야, 꽉 차 있어!

화개살? 찾아보니 '자기가 쌓아온 부귀와 명성을 모두 덮어 버리는 액운'이다. 투 플러스 등급의 살치살을 세팅 중인데 굳이 캠핑 온 내게 전화까지 해서는 내가 화개살임을 알려준다고?

—역마살도 있고 홍염살도 있네! 언니가 그렇게 돌아다니는 이유가 있었어. 사주에 갑자甲子 있는 사람이 그나마 도움이 된대!

'큰' 도움도 아니고 '그나마'라니. 대차게 전화를 끊고 다시 저 멀리 서 있는 산을 바라본다. 막 자대 배치를 받은 신병의 미래처럼 한 치 앞도 보이지 않는 안개 긴 능선이 마치 화개살로 가득하다는 내 미래처럼 보였다. 눈 부릅뜨고 아무리 찾아봐도 좋은 건 없는 사주 아닌가. 구름이 걷히는 걸 기다리다 포기하고 다 구운 살치살을 입안에 넣고 씹어본다.

그런데 이게 무슨 일이지. 마블링 하나하나가 거대한 산맥이 되고 그 사이로 육즙이 지리산 칠선계곡의 폭포처럼 휘몰아친다. 입안에서 팡팡 터지는 육즙은 이 소가 먹고 자랐을 풀이 가득한 초록색 들판과 거기 맺힌 이슬까지 떠오르게 했다.

살치살로 배를 채운 뒤 마무리는 비 오는 날에 맞게 부채살을 넣은 밀푀유나베로. 육수와 어우러진 채소들이 입속에서 화려하고 떠들썩한 무도회를 벌였다. 그렇다. 화개살은 살치살과 부채살로 쫓아버릴 수 있는 정도로 별것 아닌 불운에 불과한 것이었다.

부른 배가 꺼지기도 전에 트렁크에 누워 잠을 청해 본다. 차박에서 가장 중요한 것은 바닥을 평평하게 만드는 평탄화다. 보통 자동차 뒷좌석을 접어서 2열의 빈 공간을 발 받침 겸용 에어쿠션 등으로 메운 뒤 매트를 깔고 그 위에 침낭을 편다. 오늘도 평탄화는 어김없이 성공적이다. 이것은 과학인가 가구인가. 침대는 과학이 아니지만 평탄화는 엄연한 과학이다. 풀 플랫 된 바닥은 새 에어쿠션이 제 몫을 다했음을 의미한다.

다음 날 아침 다시 트렁크를 열어젖혔다. 그랬더니 웬일, 이틀간 얼굴을 꽁꽁 숨겨두었던 지리산이 드디어 말간 얼굴을 드러내고 있는 게 아닌가! 차 트렁크를 완전히 열어젖힌 후 상쾌한 아침 공기를 들이마셨다. 여행하다가 마음에 드는 풍경을 만났을 때 테이블만 펴면 그곳이 나만의 홈 바가, 나만의 카페가, 침대가 된다는 것이 차박이 지닌 큰 미덕이다. 트렁크만 열면 네모 프레임 그대로 멋들어진 캔버스가 된다.

지리산과 얼굴을 마주하며 물을 끓인 후 세상에서 가장 작은 나만의 홈 카페에서 커피를 내려본다. 오늘의 원두는 한 감정가가 "커피잔 안에서 신의 얼굴을 보았다"고 극찬한 '신의 커피' 파나마 에스메랄다 게이샤. 고지대에서만 살며 햇볕을 많이 쬐어도 너무 추워도 안 되며, 병충해에도 약하다는 그 희귀함이 아마도 사악한 가격으로 환원됐으리라. 세계 3대 커피를 모두 발라버렸다는 블로그 글을 본 후 큰맘 먹고 지른 원두다.

"내가 웃긴 사람이지만 우습지 않은 사람인 이유는 남에게 보이는 차, 구두, 액세서리가 아닌, 혼자 있을 때의 일상

을 귀하게 만들기 때문"이라던 모델 홍진경이 한 말이 생각
난다. 그녀는 자존감이란 내가 매일 베고 자는 베갯잇의 질
감, 매일 입을 대는 컵의 디자인, 정리 정돈 잘 된 집안에서
부터 시작된다고 했다. 내 귀한 캠핑 라이프를 위해 산 게이
샤 원두를 그라인더로 갈자 공기 중으로 진한 커피 향이 번
져 나갔다. 애정하는 BGM과 좋은 커피 향. 모든 캠핑은 이
한순간을 위한 것인지도 모른다. 몸에 아무것이나 집어넣
고 종종거리며 뛰어다니던 도시인의 삶을 캠핑은 한 템포
늦춰준다.

캠핑 컵 중 가장 예쁜 잔에 커피를 따르고 스피커의 볼륨
을 높여본다. 화개살 따위는 괜찮다. 아무런 상관없다. 그간
쌓아 놓은 부귀와 명성이 없을뿐더러, 뭔가 덮쳐온다 해도
그 액운보다 더 큰 즐거움의 보자기로 그 액운을 덮어버리
면 되니까 말이다.

어떤 작가는 촛불을 켜고 좋은 침대 시트를 쓰고 근사한
속옷을 입는 것을 특별한 날을 위해 남겨두지 말라고 했었
지. 남들이 뭐라든 난 내일도 랜턴을 켜고 살치살을 굽고, 훌
륭한 텐트와 침낭에 파묻혀 잠들 것이다.

사이트 철수 중에 어제 통화한 동생에게서 전화가 온다.

—언니! 어제 그 사주 잘못 본 거야! 다시 보내 줄게!

—아, 됐어!

기막히게 힘들고 나면
기막히게 좋은 걸 주는 캠핑

2박 3일 동안 빗소리를 들으며 우중 캠핑을 하다 집에서 자려니 잠이 오지 않는다. 유튜브에서 모닥불 영상을 찾아 튼다. 책상에는 출판사에서 보내온 신간들이 천장을 향해 젠가 세트처럼 쌓여 있다. 그간 책을 내자는 제안에 눈감아 온 것은 몇 달 뒤면 창고로 들어갈 저 젠가 세트에 하나의 블록을 더하고 싶진 않았기 때문이다. '남들이 살고 싶은 인생을 사는 사람들만 책을 쓰는 거 아닌가', '내가 독자라도 책장에 꽂아둘 책인가'를 고민하다 많은 기획안들이 휴지통으로 향했다. 퇴근 후에는 모니터를 쳐다보기도 싫었고, 글 잘 쓰는 주변인들의 비웃음도 두려웠다. 게다가 난 늦었다고 생각될 때조차 기어코 더 늦고야 마는 마감계의 나무늘보가 아니었던가.

그런 나를 노트북 앞에 끌어다 앉힌 것은 매일 아침 8시에 발행하는 뉴스레터 〈얼론 앤 어라운드〉였다. 그 뉴스레터에 나는 매주 월요일마다 캠핑 이야기를 썼다. 익명으로 참여한 독자 채팅창에서는 뉴스레터의 반응이 실시간으로 느껴졌다. 얼굴도 모르는 누군가의 칭찬에 으쓱 어깨가 올라가는가 하면, 독자들에게서 아무런 반응이 없는 날은 축 처진 어깨로 출근하기도 했다. 매번 손뼉 칠 만한 에피소드가 터지는 것도 아니라서 비슷비슷하게 힘들고 비슷비슷하게 무미건조한 캠핑이 이어질 때도 많았다. 출근을 앞둔 채 벌게진 눈으로 새벽 4시에 자판을 두드릴 때는 이 짓을 왜 시작했나 싶었다. 카페에서 종일 네 번쯤 같은 음악을 로테이션으로 듣다 보면 문단 몇 개가 겨우 끝나 있었다. 하지만 역시 글은 손이 아니라 엉덩이와 마감이 쓰는 거였다. 아침 8시가 다가오면 어떻게든 흰 면은 검은 글자로 채워졌다.

그러므로 내가 이 책을 내게 된 것은 매주 월요일 아침 8시 메일함을 열어준 구독자들과, 마감하느라 네모가 된 내 엉덩이와, 다정하지만 때론 단호했던 편집자 덕이다. 영화 〈쿵푸 팬더〉에서 '포'를 쿵푸 마스터로 키워낸 '시푸' 스승과 같은 열정으로 이 세기 안에 끝내지 못할 뻔한 마감을 하게 만든 〈얼론 앤 어라운드〉 최갑수 대표에게 감사의 말을 전한다. 그리고 "언니, 일단 여기까진 됐어!"라며, 마치 대동맥 출혈을 잡은 천재 의사처럼 문장 사이 빈틈마다 알보칠 못지않은 따끔한 편집의 메스를 들이댄 내 첫 번째 독자인 캠핑 유튜버 살랑 양과, 캠핑 라이프를 처음 알려주고 자문까지 해준 캠핑 전문가 아볼타 대장에게도 감사하다. 그들이 아니었다면 이 책은 된장 안 넣은 수육 같았을 것이다. 원고지 500매의 글을 쓸 동안 나에게 쉘터가 되어준 동네 카페 어블리, 커피 젤리가 기가 막힌 인마이험블커피에도 감사의 말을 전한다.

기막히게 힘들고 나면 기막히게 좋은 걸 주는 게 캠핑이었다. 텐트에 뚫린 구멍에 손가락을 넣어보며 킬킬대고, 맛있지도 맛없지도 않은 캠핑 음식을 신나게 만들어 먹으며 불멍을 즐긴다. 폭우에 젖은 옷을 말리다가 또 솜사탕 같은 구름에 감동을 받는다. 캠핑을 시작하고부터는 내가 좋아하는 것이 정말 좋은 게 맞는지 주변에 물어보는 버릇이 사라졌고, 두렵더라도 두근거리는 경험에 나를 내어주는 일이 잦아졌다. 할 줄 아는 것이 하나씩 늘어나는 것에 들뜬다. 내가 하기로 한 방식대로 자연 앞에 나를 눕히고, 그 선택이 주는 재미를 즐긴다.

이 책은 그렇게 채운 힐링 파워로 또다시 월요일로 나아간 한 인간의 경쾌한 발걸음이다. 삐걱대는 무릎을 지닌 에디터의 엎치락뒤치락 캠핑 생활 다큐이자 초보 캠핑러가 캠핑과 사랑에 빠지는 순간을 기록해 둔 폴라로이드 사진들에 가까운 책이다. 꼭 캠핑이 아니라도 좋다. 당신이 사소하지만 기쁜 순간들을 찾아서 일상의 작고 반짝이는 것들을 더 많이 수집하길 빈다.

—마감하느라 캠핑을 가지 못해 금단증상에 시달리고 있는
2024년 여름, 박찬은 드림

오늘은 여기에 눕겠습니다

작가의 주관적 기준으로 뽑은 캠핑장

작가가 뚜벅뚜벅 걸으며 직접 기록한 알토란 같은 캠핑장 리뷰가
포함되어 있습니다. 오늘은 여기에 누워 보시겠어요?

경기 포천 국망봉 자연휴양림 캠핑장

드라마 <별에서 온 그대>에서 전지현과 김수현이 낚시를 했던 정암저수지를
따라 1킬로미터 정도 오프로드 산길을 올라가면 보이는 캠핑장이다. 쏴아아
아아아~ 아침 물소리에 눈을 떠서 트렁크를 열면, 시원한 계곡물이 떨어지는
풍경을 트렁크 뷰로 볼 수 있는 차박의 성지. 계단식 구조라 사이트 사이 프라
이버시가 완벽 보장된다. 통나무집이 있어 침구만 가져가면 이지캠핑이 가능
하다. 시멘트와 파쇄석으로 선 긋는 일반 캠핑장이 지겹다면 추천한다.

▸ 경기도 포천시 이동면 늠바위길 207-28

▸ 혼캠지수 ★★★★★ | 야생지수 ★★★★☆

경기 포천 멍우리협곡 캠핑장

'민경훈 장박지'로도 유명한 곳. '한국의 그랜드캐니언'이라 불리는 한탄·임진
강 주상절리길 코스를 걸어볼 수 있는 캠핑장이다. 사이트 간격이 넓어서 조
용하다. 한탄강 협곡 전망대로 향하는 산책로가 텐트에서 바로 연결된다. 시
설이 조금 오래됐으나 오히려 정이 느껴지는 애견 동반 캠핑장으로, 화장실
이 매우 쾌적하다. 단풍 뷰와 겨울 장박지를 찾고 있다면 특히 추천.

▸ 경기 포천시 영북면 소회산길 400

▸ 고립지수 ★★★★☆ | 댕댕지수 ★★★★☆

경기 여주 해여림빌리지 캠핑장

서울 근교 캠핑장으로 추천할 만한 곳. 산 전체가 캠핑장으로 펜션과 숲속 수영장, 카페와 동굴, 농장과 허브 체험장까지 여러 시설이 한곳에 모여 있어 가족 여행을 즐기기 좋다. 잔디, 데크, 숲속 사이트, 독립 사이트 등 다양한 사이트가 있는데, 일부 사이트는 주차를 해놓고 짐을 옮겨야 할 수 있다.

▸경기 여주시 산북면 해여림로 78

▸독립지수 ★★★☆☆ | 숲길지수 ★★★☆☆

경기 여주 캠핑주막

사이트 7, 8, 9번이 벚나무 명당인데, 겨울철에는 설경 캠핑장으로도 유명하다. 소·중형견 반려동물 입장이 가능하다. 반려견 배변 산책은 주차장 쪽으로 할 것. 매너 타임은 밤 10시부터 오전 9시까지(10시 소등). 14시 입실, 12시 퇴실(늦은 퇴실 시 시간당 1만 원 추가 요금 발생), 샤워실과 개수대 온수는 22시까지 운영한다. 펍 운영 시간은 평일 10시부터 밤 9시까지. 수제 맥주, 소주, 칵테일, 슈터, 코젤 다크 생맥주를 판매한다.

▸경기 여주시 북내면 당전로 470

▸벚꽃지수 ★★★★★ | 댕댕지수 ★★★☆☆

인천 강화 동검도 노을캠핑장

영종도, 신도, 시도, 모도, 장봉도, 마니산을 한눈에 볼 수 있는 캠핑장으로 150년 수령의 소사나무와 서해 최고의 낙조를 높은 포인트에서 즐길 수 있다. 오디나무가 캠핑장 내에 위치해 있어 열매를 따 먹을 수 있으며, 지붕 있는 테라스, 욕실 및 화장실을 갖춘 방갈로가 있어 텐트가 없는 이들도 캠핑 느낌을 즐길 수 있다. 사이트 사이 거리가 넓으며 매너 타임 관리가 매우 잘 된다.

▸인천 강화군 길상면 동검길 159-13

▸노을지수 ★★★★☆ | 혼캠지수 ★★★☆☆

강원 춘천 춘천호 하늘뜨락 캠핑장

작가가 숨겨두고 싶은 곳. 캠핑과 낚시를 좋아하는 '캠낚족'의 천국으로 카누를 타고 캠핑을 즐길 수 있다. 전 사이트 리버뷰 캠핑장으로, 무인도 및 노지 느낌이 나는 독립 사이트에서 캠핑을 즐길 수 있다. 카약을 통한 물레길 체험, 수상스키, 웨이크보드, 스피드보팅, 야외 바비큐 파티가 가능하며 동계엔 눈썰매, 얼음낚시가 가능하다. 전화로 예약을 받는데 캠장님이 포크레인 운전 중일 수 있으므로 부재 시에는 문자를 남길 것. 무인 장작 판매기가 있다.

‣강원 춘천시 서면 오월리 125-3

‣캠낚지수 ★★★★★ | 물멍지수 ★★★★☆

강원 춘천 남이섬 트레킹온아일랜드

매 시즌 3개월 정도 주말과 공휴일(오픈 시기는 확인 요망)에 한해 열리며 입도 후 오후 3시부터 텐트 피칭이 가능하다. 이용료 55,000원에는 승선료(왕복), 남이섬 입장료(2일), 짚와이어 1만 원 할인 및 어트랙션 5종 무료 이용권이 포함돼 있다. 음식 포장이 가능한 식당이 많으며, 매너 타임은 밤 12시부터. 수영장 샤워실을 24시간 이용할 수 있다. 남이섬 입구 짚타워에서 예매내역과 차량 번호 확인 및 어트랙션 이용권을 배부한다. 토끼, 꿩 등 각종 동물과 함께 숲속에서 캠핑하는 느낌을 선사한다. 관광객이 빠져나가고 고요해지면 진짜 캠핑이 시작된다. 물을 보며 걷는 산책로 트레킹 코스가 훌륭하다. 나무

위에 등이 켜지는 숲속 존이 특히 인기.

▸강원 춘천시 남산면 남이섬길 1

▸생태지수 ★★★★☆ | 어트랙션지수 ★★★★★

강원 평창 산너미목장

20만 평 규모의 목장으로, 관광농원과 팜스테이를 겸하고 있다. 정해진 사이트 대신 노지 느낌의 공간을 선택해 피칭할 수 있는 곳으로, 캠핑을 하다 보면 토끼, 고양이, 염소 등을 자주 마주칠 수 있다. 1983년부터 3대를 이어오며 친환경, 동물복지를 실천하며 목장에서 키워온 흑염소 관람을 비롯해 산촌 팜크닉, 차박 바비큐 패키지, 산나물 체험, 목장 트레킹, 평창 은하수 관람 등이 가능. 목장 내 동물이 다니므로 시속 15킬로미터 이하로 서행할 것. 입실은 13시부터 18시, 퇴실은 오전 11시. 메인 오피스에는 매점과 함께 프린터와 스캐너 등이 마련된 코워킹 공간이 있으며, 숲속 버거하우스 부르크(산너미팜)을 함께 운영한다.

▸강원 평창군 미탄면 산너미길 210

▸차박지수 ★★★☆☆ | 댕댕지수 ★★★★☆ | 워케이션지수 ★★★★★

강원 인제 오아시스정글

국내 유일 온천 캠핑장. 30년 이상 수령의 자작나무숲에서 캠핑을 한 뒤 식당과 놀이시설(사격장, 양궁)을 즐기고 사이트 1개 당 2인 제공되는 온천 코인으로 미네랄 노천탕 이용이 가능하다. 개인 수건을 들고 가면 1,000원을 할인해주는데, 캠핑장 내 한식당은 치킨과 소고기국밥이 유명하다. 회를 캠핑장으로 배달하는 '아쿠아 딜리버리' 서비스를 운영한다.

▶강원 인제군 인제읍 필례약수길 84-10

▶온천지수 ★★★★★ | 맛집지수 ★★★★☆

강원 인제 자연휴양농원 하늘내린터

'캠핑장'이 아닌 '친환경 농원(팜핑장)'이라는 점을 주지해야 하는 곳으로, 농원 원장님이 써둔 카페 규약에 합의하고 방문해야 한다. 한국 캠핑장에서는 잘 경험할 수 없는 국유림 속에서의 부쉬크래프트 캠핑을 경험할 수 있는 곳. 디지털 디톡스가 가능한 곳으로 데이터가 터지는 곳은 전망대 정도. 농산물 수확 체험을 하면 1만 원 대에 캠핑을 즐길 수 있다.

▶강원 인제군 인제읍 원대리 449

▶규칙지수 ★★★★★ | 야생지수 ★★★☆☆ | 청정지수 ★★★★☆

강원 고성 캠핑느루

울산바위를 조망하며, 별이 쏟아질 듯한 강원도 하늘을 함께 즐길 수 있는 '뷰명당' 캠핑장이다. 마운틴 뷰와 함께 대형 텐트를 칠 만한 넓은 사이트를 찾는다면 강추. 여름엔 물놀이를 할 수 있는 미시령계곡이 캠핑장 바로 앞에 위치해 있다. 캠퍼들을 낯설어 하지 않는 토끼를 자주 볼 수 있는 곳으로, 주차장을 지나면 카페 도서관, 원두막이 나타난다. 입실 14시, 퇴실 12시.
▸강원 고성군 토성면 미시령폭포길 64
▸뷰지수 ★★★★★ | 공간지수 ★★★☆☆

강원 양양 오색장군바위 오토캠핑장

시설은 노후하지만, 설악산국립공원 내 오색약수터 밑에 위치해 있어 오염원

없는 청정 계곡을 즐길 수 있다. 넓은 계곡을 즐기며 노지 느낌의 캠핑을 즐길 수 있는 넓은 사이트를 찾고 있다면 강추. 전 사이트에 밤나무 그늘이 있어 타프를 따로 칠 필요가 없으며, 사슴벌레, 반딧불이, 꺽지, 메기, 다슬기 등이 발견되는 청정 캠핑장이다. 차로 설악산 10분, 낙산 해수욕장 20분 거리.

▸강원 양양군 서면 설악로 1556

▸계곡지수 ★★★★★ | 청정지수 ★★★★☆

충남 천안 부싯돌 캠핑

박공 지붕 모양의 오두막 캐빈이 유명한 곳으로 여성 전용 최대 2인까지 가능한 감성 마이크로 캠핑장. 장작 1망(10킬로그램)과 함께 아메리칸 브랙퍼스트를 조식으로 제공하며, 반려동물 캠핑도 가능하다. 웰컴 드링크를 제공하며, 카페 내에 욕실과 화장실이 있다. 선착순 입장이며, 캠핑이 처음이거나 혼자 조용히 책 읽다 가고 싶은 캠퍼들이라면 추천.

▸충남 천안시 동남구 북면 양곡1길 233-40

▸고요지수 ★★★★☆ | 감성지수 ★★★☆☆

충남 홍성 죽도야영장

남당항에서 배를 타고 도착하면 죽도 마스코트인 댕댕이 밍키가 객들을 맞는다. 데크 쉼터와 벽화 등이 있어 대나무숲 길 트레킹이 심심하지 않다. 마을에서 관리하는 화장실과 매점이 있으며, 족구장을 지나면 캠퍼들에게 인기인 나홀로 나무가 있다. 홍성 죽도항에서 야영장까지 도보로 15분이면 충분하다. 비용은 1인 당 1만 원.

▸충남 홍성군 서부면 죽도길 65

▸혼캠지수 ★★★★☆ | 트레킹지수 ★★★★☆

충남 태안 백리포 바다와파도소리

해변 바로 앞 노지 느낌을 즐길 수 있는 캠핑장. 태안 해양국립공원 백리포해수욕장 만에 위치한 노지 스타일 캠핑장으로, 바다 바로 앞에 텐트를 칠 수 있다(선착순 배정). 오는 길에 외길 오프로드가 포함돼 있어 운전에 유의해야 한다. 민박을 겸하고 있다. 5킬로그램 이하 반려동물 동반 가능 캠핑장(1마리 당 1만 원)으로 차량 추가 시 1박 당 1만 원. 사이트는 선착순 배정으로, 14시 입실, 퇴실 11시. 낚시, 물놀이, 해루질 가능하며 평일엔 늦은 퇴실이 가능하다.

‣충남 태안군 소원면 백리포길 39-4
‣오션뷰지수 ★★★★★ | 댕댕지수 ★★★★☆

경북 영덕 고래불 국민야영장

병곡면의 6개 해안 마을을 배경으로 병풍처럼 둘러쳐진 솔밭을 끼고 있는 명사이십리해변에 위치한 148동 규모의 캠핑장이다. 데크 당 1개씩 나무로 된 야외 테이블이 설치돼 있어 편리하다. 타프 및 해가림 시설은 텐트가 없는 데크, 데크를 벗어난 장소에 설치할 수 없으며 로프형 해먹 및 숯, 장작, 화로대 사용도 금지. 비수기 평일 데크 요금은 2만 원으로, 성수기(7~8월)에는 주중 주말 모두 3만 5,000원. 야영장 이용 시 어린이 물놀이장은 무료입장 가능. 카라반, 오토캠핑, 펜션도 함께 운영된다. 카라반은 15시 입실, 11시 퇴실, 데크와 오토캠핑 사이트는 14시 입실, 13시 퇴실.

- 경북 영덕군 병곡면 고래불로 68
- 알뜰지수 ★★★★☆ | 넓이지수 ★★★★★

경북 영양 수비별빛캠핑장

아시아 최초로 국제밤하늘협회IDA에서 인증받은 영양국제밤하늘보호공원 인근에 위치한 계곡캠핑장으로, 북한 다음으로 빛 공해 없는 밤 풍경을 볼 수 있다. 별빛 관측 프로그램, 목공방 체험, 숲 해설, 주상절리 트레킹 등을 진행한다. 사장님 부부가 직접 농사지은 텃밭에서 딴 채소와 과일로 멋들어진 조식 테이블을 차릴 수 있는 곳.

- 경북 영양군 수비면 본신로 213
- 체험지수 ★★★☆☆ | 청정지수 ★★★★★

경남 양산 라라캠핑장

천태산과 토곡산 사이 원동천 계곡 뷰 바로 앞에 위치해 있으며, 물이 맑은 배내골과 매화로 유명한 순매원 근처에 위치해 있어 함께 들리기 좋다. 약간 오래된 감이 있지만 시설이 깨끗하고 화장실과 개수대 관리가 잘 되어 있다. 반려견 캠핑이 가능하며 관리동이 매우 크고 온수가 잘 나온다. 입실 14시, 퇴실 12시로 기준인원 최대 4명(소인 2명, 성인 2명).

▸경남 양산시 원동면 원동로 1899-30

▸계곡지수 ★★★★☆ | 위생지수 ★★★☆☆

경남 산청 지리산 대경캠핑장

지리산 천왕봉과 중산리계곡을 함께 즐길 수 있는 2,000평 오토 캠핑장으로 캠퍼들에게는 꽤 유명한 캠핑장이다. 평일에 찾아갈 경우 지리산 뷰를 정면에서 즐길 수 있으며 주말에는 예약하기가 꽤 힘들 정도로 인기. 특히 차박 캠퍼들에게도 인기 캠핑장인데, 매점과 샤워실, 간이수영장이 있으며 한우전문식당이 바로 옆에 있다. 전기온풍기와 밥솥, 전열기 및 라디에이터는 사용 불가.

▸경남 산청군 시천면 지리산대로 855

▸전망지수 ★★★★★ | 혼캠지수 ★☆☆☆☆

전북 남원 백두대간 트리하우스 캠핑장

세상과 단절된 지리산 자락에 위치한 캠핑장으로 원시림에 둘러싸여 캠핑을 할 수 있다. 경사면에 위치한 데크에 국립공원 철 구조물이 설치돼 있어 타프를 손쉽게 칠 수 있으며, 사이트는 6면. 주중 주말 2만 원으로 남원시가 운영하는 '통합예약 신청시스템'에서 전달 1일 오전 9시에 예약을 받는다. 산림 치유 프로그램에도 참여할 수 있다. 입실 13시, 퇴실 11시.

▶전북 남원시 운봉읍 운봉로 행정공안길 299

▶체험지수 ★★★☆☆ | 숲길지수 ★★★★★

전북 군산 청암산 오토캠핑장

군산 호수를 등지고 있는 곳으로 산 속이지만 깔끔하다. 일반 야영장과 트레일러 외에 물놀이 시설이 있는 오토캠핑장이 있는데, 개별 주차장이 포함된 4인 오토 캠핑장은 성수기에도 3만 5,000원이라는 착한 가격으로 운영된다. 둥근 원통형 숙소의 방갈로 글램핑, 약간 기울어진 형태의 큐브형 글램핑장(2층까지 있으며 샤워실과 냉장고, 공기청정기 완비)이 있다. 당일 저녁 8시까지 운영되는 몽골텐트와 피크닉 존이 있어 데이 트립을 원하는 가족들에게도 인기가 높다. 오토 캠핑은 매달 18일 11:00에 예약 오픈.

▶전북 군산시 옥산면 대위로 50

▶글램핑지수 ★★★★★ | 주차지수 ★★★★☆

전남 구례 섬지 캠핑장

단풍과 산수유나무 아래서 섬진강을 바라보며 캠핑을 할 수 있는 곳으로 벚꽃동, 소나무동, 단풍나무동, 산수유동 등의 사이트에서 캠핑을 즐길 수 있다. 기준 인원은 4명으로 6명까지 추가해 이용할 수 있다. 주차는 1개 사이트에 1대가 기준인데, 1대 추가 가능. 10킬로그램 미만의 반려견 동반이 가능하다. 화개장터와 홍쌍리 매화농원이 가깝다.

▸전남 구례군 토지면 하리길 5

▸혼캠지수 ★★★★☆ | 물멍지수 ★★☆☆☆

전남 진도 관매도 야영장

완벽한 오션 뷰, 최고의 낙조를 자랑하는 곳. 양식장의 스티로폼이 해가 질 때 보면 반짝이는 큐빅처럼 보인다. 낯을 가리는 섬 고양이가 있다는 것도 펫팸(Pet-Fam)족에겐 매력 포인트. 흑염소 가족과 함께 숲속을 걸을 수 있는 곳으로 야영장 뒤로 보이는 솔숲을 따라 아침에 트레킹하기 좋다. 하트 모양 데크도 찾아볼 것. 개수대와 화장실이 오픈돼 있으며 화장실이 쾌적하다. 주변에 톳 칼국수 맛집 식당이 있다.

▸전남 진도군 조도면 관매도길 59-12

▸노을지수 ★★★★★ | 혼캠지수 ★★★★★

일본 가고시마현 오키도마리 해변공원沖泊海浜公園 캠핑장

오키도마리 해변공원은 오키노에라부섬의 북서쪽에 위치한 캠핑장으로, 앞으로는 거북이가 알을 낳으러 오는 백사장이, 뒤로는 폭포를 간직한 절벽이 병풍처럼 둘러쳐져 있다. 원령공주에 나오는 생명의 숲을 연상시키는 거대한 용 나무가 캠핑장 중앙에 자리 잡고 있는데 수백 년 된 수령의 나무가 마치 샹들리에처럼 줄기를 척척 늘어뜨리고 있다. 넓은 잔디밭과 함께 불을 피울 수 있는 화덕이 있으며 화장실 등이 잘 관리돼 있다.

▸China, Oshima District, Kagoshima 891-9232, Japan

▸위생지수 ★★★★☆ | 야생지수 ★★★☆☆

일본 나가사키현 대마도 미우다캠핑장 三宇田キャンプ場

고운 입자의 천연 모래해변에 위치한 미우다 캠핑장 주변에는 나기사노유 온천이 도보로 3분 거리에 위치해 있어 해수욕과 캠핑 후 목욕을 즐기기 좋다. 히타카츠항에서 차로 5분 거리라 이동에도 무리가 없다.

‣1210 Kamitsushimamachi Nishidomari, Tsushima, Nagasaki 817-1703

‣온천지수 ★★★★★ | 교통지수 ★★★☆☆

캐나다 온타리오 오크빌 브론테 크릭 주립공원 캠핑장

복원된 농가, 자연 센터, 캠핑장, 게르, 산책로가 있는 대형 공원으로 도심과 비교적 가깝다. 쓰러진 나무와 부러진 나무도 자연 그대로 보존하기 때문에 나무놀이터에서 아이들과 놀 수 있다. 원시림 느낌의 숲길과 야외 수영장을 즐길 수 있는 곳으로 연례행사로 직원들이 옛날 옷을 입고 메이플 시럽 축제를 열기도 한다. 가끔 곰이 내려온다는 이야기가 전해진다.

‣1219 Burloak Dr, Oakville, ON L6M 4J7 Canada

‣야생지수 ★★★★☆ | 혼캠지수 ★☆☆☆☆

죽말아다
나를 고쳐 씁니다

초판 1쇄 발행 2024년 8월 7일

지은이 박찬은

펴낸이 최갑수

디자인 아침

펴낸곳 얼론북
출판등록 (2022년 2월 22일) 251002022000026
주소 경기도 파주시 경의로 1056
전자우편 alonebook0222@gmail.com
전화 010-8775-0536
팩스 031-8057-6703
인스타그램 @alone_around_creative

ISBN 979-11-94021-13-1 (03810)
값 17,800원